Doppeltes Risiko

Oliver Pautsch, 1965 in Hilden geboren, lernte in Solingen laufen, ging in Hilden zur Schule und studierte in Düsseldorf. Er wohnte und arbeitete lange Jahre in Köln. Heute lebt der Autor mit seiner Frau und drei Kindern wieder in Hilden.

Wenn er behauptet, die Region besser als den Inhalt seiner Schreibtischschublade zu kennen, kann man ihm ruhig Glauben schenken. Der Autor hat in der Region viele Jahre lang Klaviere und Flügel transportiert. Das tut er noch heute manchmal – falls er nicht gerade Romane oder Drehbücher schreibt.

Der Autor freut sich über einen Besuch seiner Heimseite: www.pautsch.net

DOPPELTES RISIKO

Oliver Pautsch

edition**5p**

Bibliografische Information der Deutschen Bibliothek
Die Deutsche Bibliothek verzeichnet diese Publikation in der
Deutschen Nationalbibliografie; detaillierte bibliografische Daten
sind im Internet über http://dnb.ddb.de abrufbar.

Autor:	Oliver Pautsch
Titel:	Doppeltes Risiko
ISBN:	9783848257577
Coverdesign:	Niklas Schütte
URL:	www.pautsch.net

Überarbeitete Neuausgabe – erstmals unter gleichem Titel
erschienen im Thienemann Verlag, Stuttgart

© 2018 Oliver Pautsch
Herstellung und Verlag: BoD – Books on Demand, Norderstedt.
Titelbildgestaltung: Niklas Schütte unter Verwendung
von Fotomotiven von 123rf.com (© 123rf.com/Nr. 98032750,
© Dmitry Dreyer , Nr. 88913236, © Atthapol Srimongkol,
Nr. 10963597, © Ivan Mikhaylov)

Für Adrian Enzo Kind –
von deinem stolzen Padrino!
(zehn Jahre zu spät, sorry ;-)

1.

° ich mache nicht mehr mit ich bin raus °
* aber wieso denn *
° weil das total °
* bella vorsicht *
Der Wagen war aus der Seitenstraße gekommen.
Isabella hatte keine Chance. Sie prallte ungebremst
auf die Fahrerseite des Autos, wurde zurückgeschleu-
dert und schlug mit dem Kopf auf den Boden.
Dieser Moment brannte sich Antonia wie in Zeitlupe ein: die zusammengekniffenen Lippen und geschlossenen Augen ihrer Schwester Isabella, die über
den Lenker des Fahrrads fliegt und auf den weißen
Kleinbus knallt.

»Und du hast keine Ahnung, was für ein Auto das
war?«, fragt eine Stimme. Antonia starrt auf den Fleck
auf der Straße. Nicht wirklich rot, eher dunkelbraun,
fast schwarz. Das Blut ihrer Zwillingsschwester. Es
versetzt Antonia einen Stich, zusehen zu müssen,
wie ein Feuerwehrmann etwas aus einem Papiersack
darüberschüttet, das wie Katzenstreu aussieht und
den Fleck mit einer staubigen Schicht bedeckt. Dann
kommt ein anderer Feuerwehrmann mit einem Besen.
Ein Besen!
Ey, hör sofort auf! Das ist das Blut meiner Schwes-

ter!, will Antonia schreien. Doch die uniformierte Beamtin dreht Antonias Kopf ganz sanft zu sich, indem sie ihr Kinn zwischen Daumen und Zeigefinger nimmt. Die Hände der Polizistin riechen gut, nach irgendeiner Creme, die Antonia kennt. Sie blinzelt. Weil sie nicht darauf kommt, woher ihr der Geruch bekannt vorkommt.

»Antonia, du musst mir bitte einen Moment lang zuhören und antworten«, sagt die Frau.

»Was ist das für eine Creme?«, fragt Antonia.

»Bitte?«

»Die riecht so gut. Was ist das?«

Die Beamtin sieht irritiert auf ihre Hände. Als sie Antonia wieder anschaut, ist die weg.

Nein, nicht verschwunden, sondern ohnmächtig von der kleinen Backsteinmauer gerutscht, auf das Polizeimeisterin Stefanie Schäfer die Zwillingsschwester des Unfallopfers gesetzt hatte. Damit nicht passiert, was nun doch geschieht: Antonia Cardascia sinkt bewusstlos zu Boden. Die Beamtin springt auf und ruft den Notarzt, der kurz zuvor erklärt hatte, dem Mädchen gehe es für eine erste Vernehmung vor Ort gut genug.

Der Mann kann sich auf was gefasst machen!, denkt die Polizistin besorgt.

2.

Gloria saß zusammengesunken auf dem Sofa und starrte auf den Boden. Die unregelmäßigen Stücke Carraramarmors verschwammen vor ihren Augen. Der Boden im Haus war der ganze Stolz ihres Ex-Mannes gewesen. Als er noch dort wohnte.

Kurz zuvor hatte Hans »Ich komme sofort!« gerufen und die Verbindung unterbrochen. Als würde das etwas ändern. Neue Tränen verschleierten Glorias Augen. Die beiden Beamten im Wohnzimmer wippten unbehaglich auf den Absätzen. Der größere Polizist mit den rötlichen Haaren nickte ihr auf eine Art zu, die sie noch hoffnungsloser machte. Obwohl das sicher nicht seine Absicht war.

»Kommen Sie«, sagte er leise. Doch für Gloria klang diese vorsichtige Aufforderung wie ein laut gerufener Befehl. Wie der letzte Ruf vor ihrer eigenen Hinrichtung. Denn sollte eins der Mädchen sterben, Gloria wüsste nicht, wie sie weiterleben könnte.

»Sagen Sie mir doch was. Irgendetwas!«, flehte sie.

»Wir wissen selbst nichts Näheres«, antwortete der kleinere Beamte. Er sah unglücklich aus. Was Gloria schlagartig wütend machte, denn schließlich lagen IHRE Töchter im Krankenhaus!

»Ehi idioti, che cosa aspettate ancora?«, schoss sie eine Salve auf die verblüfften Beamten ab, sprang auf und eilte in den Flur, um Schuhe und Jacke zu holen.

Den »Idiot« in »Worauf wartet ihr Idioten denn noch?« schienen die beiden nicht verstanden zu haben. Falls doch, ließen sie es sich nicht anmerken. Sie behandelten Gloria auf dem Weg ins Krankenhaus mit Nachsicht und Einfühlungsvermögen.

3.

»Wie?«, fragte die Frau erneut und sah über den Rand ihrer Brille.

Selten dämlich sah sie aus, fand Gloria und wiederholte:»Cardascia!«

»Wie schreibt man das?«, wollte die Frau am Empfang der Klinik wissen.

Wie man's spricht, war Gloria versucht, ihren Standardscherz auf diese häufig gestellte Frage zu machen. Aber nach Scherzen stand ihr nicht der Sinn. Schließlich lagen irgendwo hier in der Klinik ihre Töchter! Also buchstabierte sie geduldig:»C - A - R - D - A - S - C - I - A«

»Momentchen, nicht so schnell …«

Gloria sah erst rot, als die langsamste Rezeptionistin der Welt in ihrem Glaskasten mit hochgezogenen Augenbrauen und Blick auf den Monitor ihres Computers murmelte:»Kadascha … ts, das würde ich aber anders schreiben.«

»WO SIND MEINE TÖCHTER?!«

Die Rezeptionistin zuckte zusammen und beeilte sich, der Furie vor dem Tresen die gewünschte Antwort zukommen zu lassen.

Laut ihrer Auskunft lag Isabella auf der Intensivstation und Antonia auf einer normalen Station. Gloria spurtete durch das Foyer des Krankenhauses. Sie hatte bereits entschieden, dass sie sich zuerst nach Bellas Zustand erkundigen würde. Die Beamten hatten ihr wenigstens versichern können, dass Toni nicht verletzt und nur wegen des Schocks ohnmächtig geworden war. Außerdem war Antonia die robustere der beiden Mädchen, drei Zentimeter größer und knapp dreizehn Minuten älter als Bella, Glorias Sorgenkind.

4.

Antonia wachte schmatzend auf und sah sich um. Sie wusste sofort, wo sie war. Ihre Tante Rosa hatte in der Klinik als Krankenschwester gearbeitet. Die Zwillinge hatten sie oft besucht, weil einer ihrer ersten Berufswünsche Ärztin gewesen war. Lange, bevor sie sich dann der Biologie mit Leib und Seele verschrieben hatten.

Was ist passiert?, fragte sich Antonia und bereits eine Sekunde später jagte das unauslöschbare Bild der schrecklichen Zeitlupe von Bellas Unfall durch ihren Kopf.

Ein Schock der Erkenntnis durchzuckte Antonia und sie schwang die Beine aus dem Bett.

»Antonia, warte! Bleib liegen!« Eine Hand hielt sie fest. Doch Antonia sah sich nicht nach der männlichen Stimme um, sondern riss sich los: »Bella, ich muss ...«

Rolf Herder eilte um das Bett herum und stellte sich ihr in den Weg. Der Biologielehrer der Zwillinge versuchte ein Lächeln, was ihm nicht wirklich gelang, wie Antonia fand. Er sah eher so aus, als habe er gerade in einen tierisch sauren Apfel gebissen.

»Was machen Sie hier?« Herder wollte etwas sagen, doch Antonia erwartete keine Antwort auf ihre Frage. »Ich muss sofort nach Bella sehen. Ich muss mich um sie kümmern!«

Diese beiden Sätze konnte man durchaus als Antonias Lebensmotto bezeichnen – oder ihre Geißel. Denn die Sorge um Antonias »kleine« Schwester war im Clan der Cardascias schon sprichwörtlich. Selbst in der Schule war das bekannt. Auch wenn es nur drei Zentimeter und dreizehn Minuten waren, die Isabella kleiner und jünger war. Irgendwie hatte sich die Familie bei der Zuordnung von Eigenschaften für Antonia als Erstgeborene »groß«, »beschützend«, »vernünftig« und »besonnen« ausgesucht. Und da besonders eineiige Zwillinge gern in Gegensatzpaare unterteilt werden (selbst wenn, oder vielleicht gerade *weil* kaum jemand in der Lage ist, sie wirklich auseinanderzuhalten), galt Isabella als »klein«, »kindisch«, »launisch« und »versponnen«. Bella war die reine impulsive Intuition, hieß es immer. Und Antonia sollte der besonnene Kopf des Duos sein? Was für ein grandioser Unsinn! Fanden übrigens beide.

Einen Unterschied gab es allerdings bei den wirklich sehr ähnlich aussehenden Mädchen: Isabella war stur wie ein Stein! Nur deshalb hatten die beiden Mädchen bis vor einem knappen Jahr total unterschiedlich ausgesehen, denn Bella hatte sich die Haare rappelkurz geschnitten und so weiß blondiert, dass sie auf dem Schulhof weithin sichtbar geleuchtet hatte. Völlig anders als Toni mit ihren Cardascia-typischen roten Locken. Antonia ihre Schwester lange nicht überzeugen können, welche Vorteile sich die Zwillinge damit verspielten. Erst als Bella auf Jochen stand und er (natürlich!) die vernünftigere und nicht so durchgeknallte Antonia bevorzugte, hatte Bella den Nachteil der Ungleichheit begriffen. Sie hatte mit den Wasserstoffperoxyd-Attacken auf ihre Haare aufgehört und sich die

Mähne wieder wachsen lassen. Unauffällig hatten sich die beiden Mädels auf jeweils die Hälfte ihrer Lieblingsklamotten geeinigt und waren sich im Verlauf eines halben Jahres so ähnlich geworden, wie es nur ging. Was bereits kurz darauf dazu führte, dass sich der Notendurchschnitt *beider* Mädchen um fast zwei Punkte verbesserte. Denn was die zwei fast identisch aussehenden Zwillinge ganz sicher nicht tun mussten, war, Nachmittage lang zusammenzuhocken und sich gegenseitig auf den neuesten Stand ihrer Schulbildung zu bringen. Oder sich ihre Defizite in schweißtreibenden Nachhilfesitzungen auszutreiben. *Definitely not!*, wie Jochen sagen würde. Der nicht die leiseste Ahnung davon hatte, dass er eine ganze Weile lang mit Isabella knutschte, obwohl er die andere Schwester zu lieben glaubte. Das ging so lange, bis Isabella das Interesse an dem spilLerigen Jungen mit den Sommersprossen verlor und Antonia ihn wieder übernahm, ohne dass der arme Kerl das mitbekam. Obwohl sich Jochen natürlich darüber wunderte, dass seine große Liebe ständig die Handlungen der Filme vergaß, die sie vorher unbedingt hatte sehen wollen. Auch war die Lieblingsmusik seiner rothaarigen Freundin einem ständigen, kaum nachvollziehbaren Wechsel unterzogen. Wäre Jochen romantischer veranlagt gewesen, hätte ihm ebenfalls auffallen können, dass bei solchen Fragen wie: »Wo haben wir zum ersten Mal dies und das getan?«, bei Antonia oft Unklarheit herrschte. Es gab oft unterschiedliche Antworten, da sich Antonia und Isabella weder in schulischen noch in Liebesdingen gegenseitig Nachhilfe gaben. Was Jochen nicht weiter störte. Was schließlich allerdings dazu führte, dass der erste Freund der Mädels einer gewissen Oberflächlichkeit überführt wurde. Ein Todesurteil für jede Liebe. Da Antonia Probleme damit hatte, die Beziehung zu beenden, übernahm das Isabella. Schließlich hatte sie den armen Kerl ja auch aufgerissen. Ob Jochen jemals davon erfahren hat, dass er eigentlich mit zwei Mädchen zusammen gewesen war?

Definitely not!

Und wenn es nach den Zwillingen ging, würde das auch so bleiben.

5.

Herder hatte Antonia nicht aufhalten können, sich auf der Intensivstation nach dem Zustand ihrer Schwester zu erkundigen, und war ihr bis zum Eingang gefolgt. »Hör mal, Antonia. Ich kann leider nicht mit rein, das dürfen nur Familienmitglieder, also ...« Er druckste einen Augenblick herum, der Antonia ungeduldig machte. »Bestell deiner Schwester meine besten Grüße, wenn sie wieder ...« Er brach ab, als hätte er sich fast verplappert.

»Wenn sie wieder was?«, wollte Antonia wissen, auf einmal zusätzlich zu ihrer unerträglichen Sorge alarmiert.

Was wusste Herder? Doch der Lehrer verabschiedete sich wortlos mit einem weiteren »Saurer-Apfel-Biss«-Lächeln. So sehr ihr dieser Mann in den letzten Monaten ans Herz gewachsen war, nun hatte Antonia das Bedürfnis, ihm unflätige Flüche hinterherzuschreien. Doch da erkannte sie ihre Mutter durch das kleine Fenster, brach in Tränen aus und klingelte Sturm auf der Intensivstation.

Wenige Sekunden standen sich Mutter und Tochter gegenüber. Antonia verstand zunächst kaum etwas, da Glorias Italienisch wie der Klang einer Vespa von den Wänden des Flurs widerhallte. Gloria sprach immer nur dann in ihrer Muttersprache, wenn sie wirklich wütend oder aufgeregt war. Insofern waren die dürftigen Italienischkenntnisse der Zwillinge verzeihlich. Auch Hans, ihr Vater, hatte anlässlich der Tiraden in der Heimatsprache seiner Frau eher den Kopf eingezogen, anstatt den Wunsch zu verspüren, sich diese eigentlich wohlklingende Sprache anzueignen.

Glorias zentrale Frage war Antonia natürlich klar. Auch ohne den Schwall italienischer Satzkaskaden zu verstehen: »Was ist passiert!?«

»Wir hatten einen Unfall. Bella ist angefahren worden. Wie geht es ihr?«, wollte Antonia wissen.

»Nicht gut«, antwortete Gloria.

Etwas in Antonias Innerem zog sich angstvoll zusammen. Da war er wieder: dieser verdammte Film in Zeitlupe, wie Bella mit dem Kopf gegen den Wagen knallt.

»Die Ärztin sprach von einem Schädel-Hirn-Trauma. Das muss so was Ähnliches wie ein Bruch des Schädels sein … Madonna!« Gloria schlug die Hände vor ihr Gesicht und begann zu schluchzen.

Antonia nahm sie in den Arm. »Bella wird schon wieder …«, sagte sie leise.

»Come lo vuoi sappere tu?«, stieß Gloria wütend hervor. Diesmal verstand Antonia jedes Wort.

»Woher ich das weiß? Bella MUSS einfach wieder gesund werden!«, sagte sie, schluckte ihre eigene Angst trocken hinunter und flüsterte: »Komm, wir suchen den Arzt und lassen uns alles genau erklären.«

6.

Rolf Herder stand auf dem Parkplatz der Klinik und hatte auf einmal den fast unwiderstehlichen Drang, eine Zigarette zu rauchen, obwohl er dieses Laster schon vor über zehn Jahren aufgegeben hatte. Der Biologielehrer steckte den Schlüssel ins Schloss der Fahrertür und hielt plötzlich inne. Er sah an der Fassade des Klinikgebäudes hinauf. Irgendwo dort oben rang eine seiner Schülerinnen mit dem Tod. Herder fühlte nicht zum ersten Mal so etwas wie ein schlechtes Gewissen in sich aufkeimen. Er senkte den Blick und unterdrückte das unangenehme Gefühl. Bei dem Gedanken daran, was in der nächsten Zeit noch alles zu erledigen war, stöhnte Herder leise auf und öffnete die Wagentür mit einem energischen Ruck.

7.

Hat sie wirklich »Koma« gesagt?, dachte Antonia und starrte den Mann im weißen Kittel an, ohne zu verstehen, wovon er redete. Das Wort »Koma« wiederholte er dabei noch einige Male.

Oh Gott, Koma! Tod auf Raten! Erst liegt man bewegungslos in einem Bett ... Und dann stirbt man! Bella ...

Antonias Knie wurden weich und alles drehte sich auf einmal. Fast wäre sie umgekippt und auf den Boden des Klinikflurs gestürzt. Doch Gloria stützte sie. Es dauerte eine Weile, bis Gloria und der Arzt zu Antonia durchdringen konnten.

»Künstlich! Es ist nur künstlich!«, rief Gloria und hielt ihre schluchzende Tochter fest bei den Schultern gepackt. »Sie haben deine Schwester nur in einen komaähnlichen Zustand versetzt. Absichtlich!«

»Absichtlich?«, schluchzte Antonia. Durch den Tränenschleier funkelte sie den Arzt böse an. Der hatte tatsächlich noch die Stirn zu lächeln! Doch bevor Antonias Wut über das absichtlich herbeigeführte Schicksal ihrer Zwillingsschwester aus dem Ruder laufen konnte, sagte der Arzt mit einer sanften Stimme etwas, das Antonia beruhigte.

»Koma ist griechisch und bedeutet ›tiefer Schlaf‹. Die Bezeichnung ›künstliches Koma‹ ist eigentlich unzutreffend, denn genau genommen handelt es sich um eine Art Langzeitnarkose. Wir haben deine Schwester in Schlaf versetzt. Das ist ein kontrollierter Zustand, aus dem wir sie jederzeit wieder aufwecken können. Du musst dir keine Sorgen machen.«

»Aber wieso haben Sie das getan?«, wollte Antonia wissen. Ein Lidschlag, weniger als eine Sekunde lang Unsicherheit im Blick des Arztes verrieten ihr, dass der Mann nicht ganz die Wahrheit zu sagen schien, wenn es darum ging, sich keine Sorgen um Bellas Leben machen zu müssen. Bevor der Arzt antworten konnte, übernahm Gloria die Aufgabe, Antonia über den Zustand ihrer Schwester die Wahrheit zu sagen: »Toni … Bella ist bei dem Zusammenstoß mit dem Kopf aufgeschlagen …«

»Das weiß ich, Mama!«, bellte Antonia. »Ich war dabei!«

Und da war sie wieder, die Zeitlupe vom Zusammenstoß mit dem Wagen. Isabella hatte das Gesicht im allerletzten Moment noch wegdrehen können, bevor ihr Kopf an den Wagen schlug. Durch die Wucht des Aufpralls ging ein Zittern durch Isabellas ganzen Körper. Dann federte sie zurück und machte einen Zeitlupenflug in Richtung Boden, den Antonia aber nicht mehr verfolgte, denn jemand rüttelte an ihrem Arm. Und da war noch etwas an diesem Auto, das sie ablenkte. Doch was war es bloß? Antonia wollte sich den Moment merken, ihn behalten, aber …

»Toni, hörst du mir zu? Hey, ich rede mit dir!« Gloria rüttelte ihre Tochter.

»Was?« Antonia sah auf.

»Deine Mutter will dir erklären, dass wir Isabellas Kopfverletzung auf diese Art am besten heilen können«, fügte der Arzt hinzu. Er war sichtlich erleichtert, die schlechte Nachricht der Schädelverletzung nicht bis in die letzte Einzelheit vor Antonia ausbreiten zu müssen. »Ich schlage vor, Sie beide fahren jetzt erst einmal nach Hause und erholen sich«, sagte der Arzt.

»Aber …« Gloria deutete überfordert in Richtung des Zimmers, wo die verletzte Bella lag.

»Hier können Sie nichts tun, Frau Cardascia. Wir melden uns sofort, wenn sich Isabellas Zustand ändert. Versprochen!« Der Arzt deutete mit dem Kopf zu Antonia, die sich auf eine Bank gesetzt hatte und aus dem Fenster starrte. »Im Moment braucht Antonia Sie viel dringender. Wir kümmern uns um Isabella. Einverstanden?«

Gloria nickte zögernd. Irgendwo piepte es. Der Arzt verabschiedete sich eilig und verschwand hinter einer Tür.

Gloria setzte sich neben Antonia auf die Bank am Fenster und wischte ihrer Tochter die Tränen aus dem Gesicht. Einen Augenblick später begann Antonia zu erzählen:

»Herder hatte uns empfohlen, einen Freund von ihm zu besuchen. Der wohnt in der Berliner Straße, also fast um die Ecke. Er hatte ihm von unserem Projekt für ›Jugend forscht‹ erzählt. Niederberg züchtet Karnivoren seit über dreißig Jahren!«

»Karnivoren?«, fragte Gloria matt.

»Du weißt schon. Fleischfressende Pflanzen.«

Gloria nickte nur. Antonia fuhr fort: »Herder hat es ja sicher gut gemeint, aber dieser Typ war die absolute Katastrophe! Total versoffen und ungepflegt. Und im ganzen Haus hat es ekelhaft gestunken!«

Wie immer, wenn es um das ›Jugend-forscht‹-Projekt ging, lief Antonia aus dem Ruder. Gloria sah auf und erkannte sich selbst. Das überbordende Temperament und die glühenden Augen. Doch die Tatsache, dass es nur zwei und nicht mehr vier Augen waren, die beim Thema fleischfressende Pflanzen zu leuchten begannen, stürzten Gloria wieder in das dunkle Loch der Furcht. Warfen sie zurück auf die Sorge um ihre Tochter Bella, von der zu diesem Zeitpunkt niemand wissen konnte, ob sie jemals wieder das Bewusstsein zurückerlangen würde!

8.

Zur gleichen Zeit, als Gloria und Antonia auf dem Flur der Intensivstation um das Wohl von Isabella bangten, bemühte sich ein ziemlich angetrunkener Richard Niederberg in die Jacke zu kommen, ohne einen der beeindruckenden Ausleger seiner Kannenpflanzen der Gattung Nepenthes in seinem Wintergarten abzubrechen. Er suchte seine Zigaretten, fand auf dem kleinen Tisch neben dem künstlichen Wasserfall aber nur das silberne Feuerzeug mit seinem Monogramm, das Richards Frau Anne ihrem Mann vor vielen Jahren geschenkt hatte, und steckte es in die Jackentasche. Dann verließ er das Haus.

Richard Niederberg hatte die Zwillinge verschreckt, das war ihm klar. Ein zerzauster Mann in fleckigem Bademantel war nicht gerade das, was die Mädchen sich unter einem Fachmann für Karnivoren, speziell der Gattung Nepenthes vorgestellt hatten.

»Was für ein Glücksfall!«, hatte eins der beiden Mädchen gerufen, als er die Tür geöffnet hatte.

»Was? Glücksfall? Wieso?«, hatte der verkaterte Mann gefragt und geblinzelt, doch es blieben zwei – zwei identische Mädchen, die da vor ihm standen. Er hatte sie hereingebeten. Und eine kurze Zeit lang ging er als Fachmann durch. Etwas verschroben, zwar aber eben doch als eine Koryphäe.

Das änderte sich, als die Mädchen durch den Flur in seine Küche sehen konnten. Zu einem gewissen Teil hätte sogar hier noch die Theorie des genialen, aber etwas unordentlichen Wissenschaftlers funktioniert. Wenn dem ganzen Gerümpel in der verwahrlosten Küche nicht ein dermaßen furchtbarer Geruch entstiegen wäre, dass eins der Mädchen sich sogar ihren T-Shirt-Ärmel vor das – wirklich schöne – Gesicht gehalten hatte.

»Puh, stinkt das hier!«

Richard roch den Gestank nach vergammeltem Essen und Abfall schon lange nicht mehr. Seit seine Frau ihre Koffer gepackt und ihn verlassen hatte, widmete er sich nur noch zwei Dingen: seinen Pflanzen und der Sorge um seinen immer mit Bier gefüllten Kühlschrank, Richards neuem Hauptnahrungsmittel.

Das Mädchen, das sich als Isabella vorgestellt hatte, war schließlich, ungeachtet der chaotischen Zustände in seiner Wohnung durch Richards Wohnzimmer, vorbei an mehreren Haufen dreckiger Wäsche in den Wintergarten gestürmt.

Mit weit aufgerissenen Augen hatte sie den lateinischen Namen gemurmelt, während sie die schlanken Kannen der Nepenthes tentaculata vorsichtig gestreichelt hatte. Obwohl diese Kannenpflanze eigentlich über den Boden rankt, hatte Richard das Prachtstück seiner Sammlung in etwa drei Meter Höhe in einen mit Sphaghnummoos und Korkeichenrinde verkleideten künstlichen Baumstamm gepflanzt. In seinem Wintergarten war nicht genug Platz, um die große Pflanze frei über den Boden wachsen zu lassen. Außerdem fand er, dass die von den fleischigen Blättern an dünnen roten Rankenfortsätzen herabhängenden Gefäße, die wie natürliche Trinkbecher aussahen, aus der Höhe viel besser zur Geltung kamen. Immerhin wurden die als Kannen bezeichneten Gefäße der Nepenthes tentaculata dreißig Zentimeter lang, bei einem Durchmesser von bis zu acht Zentimetern.

Isabella sah über den nach innen umgekrempelten, wulstigen Rand hinweg in die Kanne hinein.

»Wir züchten selbst auch Kannenpflanzen ...« Sie schüttelte den Becher vorsichtig. Dann drehte sie sich zu Richard um und fragte mit einem Grinsen: »Haben Sie die Verdauungsflüssigkeit eigentlich schon mal probiert?«

»Wie meinst du das, probiert?«, fragte er irritiert.

»Na, getrunken«, sagte Isabella und hob den Kannendeckel, ein blattähnliches Gebilde, das die Kanne vor dem Eindringen von Regenwasser schützte, fachmännisch an.

»Mit halb verdauten Insekten? Spinnst du?«, erfuhr es Richard angeekelt, der tatsächlich noch nie auf die Idee gekommen war, eine Flüssigkeit zu trinken, mit der sich die Nepenthespflanzen mit Nährstoffen versorgten, indem sie in die Kannen gefallene Insekten und andere Kleintiere wie Frösche und Nagetiere darin auflösten. »Das Zeug ist doch giftig. Warum sollte ich so was trinken?«

Die Mädchen sahen ihn an, als habe Richard nun erst recht seinen Status als Spezialist verloren und sich zum Vollidioten gemacht. Antonia klang bemüht geduldig, als sie erklärte: »Die Verdauungsflüssigkeit enthält viele Enzymen. Auf der Insel Borneo trinkt man die Flüssigkeit neuer, noch ungeöffneter Kannen als verdauungsförderndes Mittel.«

»Nach dem Essen. Wie einen Schnaps«, ergänzte Isabella.

Richard zog seinen fleckigen Bademantel über dem Pyjama enger zusammen und sah die Mädchen unbehaglich an. »Habt ihr denn schon mal, ich meine ... probiert?«

»Natürlich!«, kam es zweistimmig wie aus der Pistole geschossen. »Wir arbeiten an einem Beitrag für ›Jugend forscht‹«, »über die Wirkung der Nepenthes-Flüssigkeit«, »zur Bekämpfung von Helicobacter pylori«, »beispielsweise zur Behandlung von Ulcus ventriculi, Duodenalulkus oder Typ B-Gastritis«, »was nichts anderes bedeutet als die biologische Bekämpfung eines Stäbchenbakteriums, also des Auslösers für Magenschleimhautentzündungen sowie Magen- und Zwölffingerdarmgeschwüre und Magenkrebs.«

Richards Kopf war bei dieser wechselseitig vorgetragenen Informationsflut zwischen Isabella und Antonia hin- und hergependelt, als beobachte er ein Tennismatch. Seine Augen brannten, der pelzige Geschmack im Mund war furchtbar und er fühlte sich genau so erbärmlich, wie er auszusehen befürchtete.

»Tja, und ... was kann ich für euch tun?«

Die Mädchen tauschten einen kurzen Blick aus. Und auch ohne dass sie ein einziges Wort von sich gaben, verstand Richard.

Du Penner kannst ÜBERHAUPT NICHTS für uns tun!, sagten ihre Augen. Doch dann straffte sich eins der Mädchen.

»Wie viele verschiedene Nepenthes-Pflanzen besitzen Sie denn?«

»Meinst du, wie viele Pflanzen, oder die Anzahl der verschiedenen Arten?«, gab Richard die Frage zurück und das Mädchen lächelte. Damit hatte er einen Punkt gemacht, erkannte er. »Es müssten im Moment 16 oder 17 verschiedene Arten sein«, antwortete er. Als die Zwillinge sich suchend umsahen, fügte er hinzu: »Das hier ist nur mein Wintergarten. Das Gewächshaus ist hinten im Garten. Wenn ihr einen Augenblick Zeit habt, ziehe ich mir etwas an und zeige es euch …«

»Das wird nicht nötig sein«, sagte das andere Mädchen und kassierte dafür einen nicht ganz heimlichen Knuff von der Schwester, die ihm die Frage gestellt hatte.

»Nun«, sagte er gedehnt, um die beiden nicht in Verlegenheit zu bringen, ihren Streit vor ihm austragen zu müssen, »ich schlage vor, ihr beide einigt euch, während ich mir oben etwas anziehe. Wie gesagt, wenn ich mich frisch gemacht habe, bin ich gern zu einer Führung bereit.«

Mit diesen Worten und einem letzten Lächeln hatte Richard einen würdigen Abgang hinzulegen versucht, der allen Beteiligten Peinlichkeiten ersparte. Er war die knarzende Treppe in den ersten Stock des Hauses hinaufgestiegen und hatte kurz nach vierzehn Uhr im Badezimmer mit der Morgentoilette begonnen, die die meisten anderen Menschen zwischen sieben und acht Uhr vornahmen. Und bereits wenige Sekunden später, als die Eichentür vernehmlich ins Schloss gefallen war, breitete sich ein tief empfundenes Gefühl von Traurigkeit in Richard aus. Die jungen Forscherinnen waren gegangen. Trotz aller Neugier und trotz ihres Entdeckergeists hatten sie es vorgezogen, die Flucht vor dem alten Zausel anzutreten. Er hatte sie vertrieben.

Es war seine Schuld. So, wie alles immer seine Schuld zu sein schien, nicht erst seit Anne ihn verlassen hatte. Frustriert und wütend warf Richard den Rasierer ins Waschbecken, wischte sich den Schaum mit einem Handtuch nachlässig aus dem Gesicht und stapfte in Hose und Feinrippunterhemd ins Erdgeschoss zurück. Er ging in die Küche, riss die Kühlschranktür auf und öffnete sein Frühstück mit dem Stiel einer schmutzverkrusteten Gabel. Die Flasche eiskaltes Bier brannte sich ihren Weg hinunter in seinen Magen, dass Richard Tränen in die Augen schossen. Doch es war ihm egal, denn er trieb bereits wieder mitten in seinem übergroßen See aus Depression und Selbstmitleid, da machten ihm die Schmerzen im Magen auch nichts mehr aus.

Sicher ein Magengeschwür, dachte Richard. Er sah mit tränenden Augen aus dem Fenster in den Garten. Das Gewächshaus begrenzte den ehemaligen Obstgarten an der Stirnseite. Temperaturgesteuerte Motoren hoben sechs Dachfenster des Glashauses einige Zentimeter, um mehr Luft in das Innere zu lassen. Und genau in dem Moment, als die Elektromotoren mit einem leisen Surren ihre Arbeit verrichteten, kam Richard eine Idee …

9.

»Was sollte der Scheiß mit ›Das wird nicht nötig sein‹?«, schrie Bella über die Schulter. »Was fällt dir ein, einfach so abzuhauen?«

Endlich!, dachte Antonia und versuchte, mit dem Fahrrad aufzuholen. Die ganze Berliner Straße lang hatte sie in unregelmäßigen Abständen hinter Bella hergerufen. Nachdem Antonia das Haus des Alkoholikers verlassen hatte, war Bella ihr erst gefolgt und dann wutschnaubend vorausgefahren, ohne ein Wort mit Antonia zu wechseln. Natürlich wusste Antonia, dass ihre Schwester den Druck nicht lange aushalten und bald platzen würde. Aber nun hatte sie bereits Seitenstechen und konnte Bella kaum noch folgen. »Komm schon ...«, keuchte sie, »den Typ kannst du doch vergessen!«

»Siebzehn Arten, er hat SIEBZEHN! Wir haben nur vier Pflanzen und das sind irgendwelche Hybriden aus dem Baumarkt, verdammt noch mal«, rief Bella zurück und bog in die Bahnhofsallee ein.

»Es waren nur sechzehn!«, korrigierte Antonia und trat in die Pedale. Doch ihre Wut beflügelte Bella und machte sie schneller. Sie raste auf dem Bürgersteig an der Sparkassenfiliale vorbei und fuhr dann gegen die Fahrtrichtung am Haupteingang des Bahnhofs vorbei, weil auf dem Bürgersteig an der Bushaltestelle zu viele Menschen standen.

Das macht sie extra, dachte Antonia aufgebracht und registrierte jeden Verkehrsverstoß ihrer Schwester. Sie versuchte zu folgen, ohne allzu viele Regeln zu missachten, und nahm sich vor, sich Bella in etwa zwei Minuten zu Hause erst einmal richtig vorknöpfen zu können – als sie ihre Schwester empfing:

° ich mache nicht mehr mit ich bin raus °
* aber wieso denn *
° weil das total °
* bella vorsicht *

10.

Immer wieder dieser Unfall. Das Bild von Bella, die gegen den Wagen knallt und hart mit dem Kopf auf den Boden schlägt. Wo war dieser verdammte Kleinbus bloß hergekommen? Zwei Dinge fielen Antonia auf, als die Bilder wieder vor ihrem geistigen Auge abliefen.

»Es war ein weißer VW-Bus. Da stand was drauf. Von irgendeiner Firma.«

»Bist du sicher?«, fragte Gloria.

»Mit dem Wagen? Ja.«

»Kannst du dich erinnern, was auf dem Bus stand?«

»Nein«, antwortete Antonia mutlos.

Gloria sah ihrer Tochter die Folgen des traumischen Erlebnisses an. Durch ihren Magen fuhr nicht zum ersten Mal an diesem Tag ein schmerzhafter Stich.

Antonia starrte aus tiefdunklen Augenhöhlen auf den Boden. So, als hätte sie viel zu wenig Schlaf bekommen. Aber das Schlafdefizit würde erst noch hinzukommen, befürchtete Gloria auf dem Weg durch das Krankenhausfoyer zum Taxistand. Als sie mit Antonia die Klinik verließ, schickte Gloria ein kurzes Stoßgebet zum bedeckten Himmel. Ihre gesunde Tochter sollte nicht auch noch unter den Folgen dieses Unglücks zusammenklappen.

Ti prego, no, caro Dio! Lieber Gott, bitte nicht!

»Ich habe eine Idee, cara«, sagte Gloria auf einmal betont fröhlich. »Weißt du, was wir jetzt machen? Wir fahren ins ›Vesuvio‹ und essen erst einmal eine schöne Pizza. Was hältst du davon?«

»Von mir aus«, antwortete Antonia matt.

Die Fahrt im Taxi absolvierten Mutter und Tochter schweigend. Beiden in ihre eigenen Gedanken und Sorgen versunken. Dabei hielten sie sich an den Händen, ohne sich ein einziges Mal loszulassen.

11.

Zur gleichen Zeit saß Polizeimeisterin Stefanie Schäfer in nicht einmal dreihundert Meter Luftlinie Entfernung vom Krankenhaus an einem Tisch im Mannschaftsraum der Polizeiinspektion Mitte und blätterte mit gerunzelter Stirn in einem Unfallbericht.

»Was ist? Probleme?«

Die Frage ließ Stefanie aufschrecken. Sie sah die stämmige Gestalt von Hauptkommissarin Hanna Broder, die ihr im Vorbeigehen zulächelte und die Tür des Kühlschranks öffnete, um eine Flasche Mineralwasser herauszunehmen.

»Oh, hallo, Hanna ... Nichts, alles okay.«

»Warum machst du dann so ein Gesicht?«, wollte die Kommissarin wissen.

»Ach, es gibt hier etwas in einem Unfallbericht, was ich merkwürdig finde.«

»Hast du den Unfall aufgenommen?«

»Ja.«

Anstatt mit der Flasche wieder in ihrem Büro der Kriminalpolizei im ersten Stock zu verschwinden, was Hanna eigentlich vorhatte, setzte sie sich zu der uniformierten Polizistin, öffnete die Wasserflasche und nahm einen tiefen Schluck. Dann zuckte sie zusammen und Stefanie beobachtete mit einem Grinsen, dass die Kommissarin ein langes und wahrscheinlich ziemlich lautes Rülpsen gewaltsam unterdrückte und stattdessen husten musste. »Mein Gott, ihr trinkt immer dieses laute Wasser. Das bin ich überhaupt nicht mehr gewohnt!«

»Lautes Wasser?«, lachte Stefanie.

»Was ist denn sonst das Gegenteil von ›still‹?«, fragte Hanna zurück und hustete noch einmal.

»Ah, okay. Du meinst die Kohlensäure. Tja, ich glaube, da musst du unsere männlichen Kollegen fragen. Die machen daraus gern so eine Art Sport.«

»Wer mehr von dem Rachenputzer in einem Zug herunterbekommt?«, fragte Hanna.

»Nicht nur das«, antwortete Stefanie. Doch Hanna begriff erst, als Stefanie pantomimisch ein Rülpsen andeutete.

»Ah, verstehe ...«

Stefanie nickte schulterzuckend, als wolle sie sich für dieses kindische Benehmen der Kollegen entschuldigen.

»Bei meiner Dienststelle in Niedersachsen war es scharfes Essen«, sagte Hanna und schüttelte die Wasserflasche mit dem Logo eines schwarzen Hahns darauf. Die beiden Frauen nickten sich verständnisvoll zu, ohne ein weiteres Wort über die Mutprobenidiotie männlicher Polizeibeamte zu verlieren. Als Hanna den Verschluss ihrer Flasche wieder öffnete, zischte es vernehmlich. »Was ist denn mit diesem Unfall?«

»Also ...« Stefanie drehte die Akte zu Hanna, damit sie sich Ausdrucke der Bilder vom Unfallort ansehen konnte. »Ein junges Mädchen wurde mit ihrem Fahrrad von einem PKW angefahren. Fahrerflucht.«

Hanna blätterte in der Akte, las das Protokoll und

sah sich die Bilder erneut an. Dann blickte sie auf. »Ist das die Kreuzung am Bahnhofsvorplatz?«

»Genau.« Stefanie nickte. Sie zeigte mit dem Finger auf eins der Fotos. »Das ist die Stichstraße, die auf den Schrottplatz führt. Zu dem Zeitpunkt war das Tor aber schon geschlossen. Die schließen freitags früher.«

Hanna nickte und sah sich die Nahaufnahmen des Unfallortes an. Weiße Kreidestriche auf dem Asphalt markierten die Lage des Unfallopfers und ihres Rades.

»Wie geht es dem Mädchen?«

»Verdacht auf Schädelbruch. Sie wurde im Krankenhaus in ein künstliches Koma versetzt.«

»Ach, Scheiße«, sagte die Kommissarin und schüttelte mitfühlend den Kopf. Stefanie wusste, dass die Kollegin einen Sohn hatte, der ungefähr im gleichen Alter wie die Zwillinge sein musste. Julian lebte bei seinem Vater in Niedersachsen.

»Was ist denn das Problem?«, fragte Hanna.

»Ich sehe keine einzige Bremsspur an der Unfallstelle«, antwortete Stefanie, »und das, obwohl die Kreuzung von allen Seiten absolut perfekt einsehbar ist.«

Hanna nickte. »Du meinst, wenn der Fahrer nicht blind ist oder während der Fahrt auf sein Handy gestarrt hat, hätte er das Mädchen früh genug sehen und bremsen müssen.«

»Er hätte ausweichen können«, sagte Stefanie leise. Sie zuckte zusammen, als Hanna plötzlich ihren Stuhl lautstark zurückschob und aufstand.

»Was ist?«, fragte Hanna. »Worauf warten wir?«

»Äh, was meinst du?«, wollte Stefanie verblüfft wissen.

»Wir sollten uns den Tatort ansehen, bevor es dunkel wird, findest du nicht?«

»Du meinst wohl eher den Unfallort«, korrigierte die Schutzpolizistin. Doch die Kommissarin sah Stefanie konzentriert und ernst an, als sie antwortete: »Nein. Nach Aktenlage handelt es sich bei dieser Fahrerflucht um einen Mordversuch. Das ist es doch, was dir Kopfzerbrechen bereitet, oder? Also los, sehen wir uns den Tatort am Bahnhof noch einmal zusammen an.«

12.

Im Telefonbuch wurden nur drei Cardascias aufgeführt. Richard hatte sich die Adressen notiert. Er gratulierte sich insgeheim zu seinen Kenntnissen der italienischen Sprache. Also hatten die vielen Rimini-Urlaube mit seiner Frau doch sinnvolle Spuren hinterlassen. Nämlich etwas Sprachvermögen statt nur eine Schädigung der Epidermis durch die Überdosen Sonnenstrahlung, der man sich in den Sechziger- und Siebzigerjahren ganz ungehemmt ausgesetzt hatte, um die begehrte Urlaubsbräune mit nach Hause zu bringen. Er riss das Zellophan der Zigarettenpackung auf, die er am Kiosk gegenüber der Sparkasse am Bahnhof gekauft hatte, und ließ sein silbernes Feuerzeug aufschnappen. Obwohl ihm beim Gedanken an ein weiteres Bier das Wasser im Mund zusammengelaufen war, hatte sich Richard nicht überwinden können, eine Flasche am Büdchen zu kaufen und in der Öffentlichkeit zu trinken. Nein, so weit war er noch lange nicht! Wie ein Penner auf der Straße die Bierflasche an den Hals zu setzen, wäre ihm nicht im Traum eingefallen. Also hatte er sich lieber zusammen mit den Zigaretten zwei kleine, in Papier eingewickelte Flaschen Underberg über den Tresen reichen lassen und war um die Ecke hinter das Büdchen verschwunden, um sich die Kurzen hintereinander in den Mund zu schütten und gierig zu schlucken. Dem Impuls, noch zwei weitere von den kleinen Flaschen zu kaufen, hatte Richard standhaft widerstanden. Aber eigentlich nur, weil er kein Geld mehr hatte und ihm der Weg über die Straße zum Geldautomaten der Sparkasse und wieder zurück zum Kiosk viel zu beschwerlich vorkam. Für einen Moment dachte er sogar daran, die Sache ganz aufzugeben.

Die Mädchen zu finden, ist vielleicht nur eine Schnapsidee ... Schnapsidee, hihi!, dachte Richard, kicherte und schritt reichlich angeheitert in Richtung Hauptbahnhof, denn dahinter lag die erste jener drei Adressen, die er im örtlichen Telefonbuch unter »Cardascia«, dem Nachnamen der Zwillinge, gefunden hatte.

Als Richard Niederberg den Bahnhof passierte, bemerkte er den Streifenwagen, der am Taxistand neben dem Bahnhof abgestellt war. Was Richard nicht bemerkte, während er leise vor sich hinpfeifend weiterging, waren die beiden Polizistinnen, die ihre Blicke fest auf den Asphalt unter ihren Füßen gerichtet hatten. Eine Beamtin trug Uniform, die andere stand mit Jeans und Lederjacke in Zivil mitten auf der Straße und schüttelte den Kopf.

13.

»Nichts, verdammt!«, sagte Hauptkommissarin Hanna Broder leise und sah von der Straße auf. Die einbrechende Dämmerung würde die Suche nach Bremsspuren in spätestens einer halben Stunde unmöglich machen. Und absperren konnte man den ganzen Bereich ebenfalls nicht. Eine Sperrung würde bedeuten, den gesamten Verkehr um den Hauptbahnhof herum lahmzulegen. Und das nur wegen eines unbewiesenen Verdachts? Meuser, dem Leiter der Polizeiinspektion Mitte, schwollen schon wegen kleinerer Anliegen dieser Art die Adern auf der Stirn. Dieser Sperrung würde er niemals zustimmen, das war Hanna klar.

Plötzlich fiel ihr zehn Meter weiter die Straße hinunter etwas auf. Sie achtete darauf, nicht überfahren zu werden, dann lief sie in Richtung der zwei kleinen schwarzen Streifen. Und tatsächlich: es handelte sich um Gummiabrieb, Reste eines Autoreifens, dessen winzige Partikel Hanna mit einem Schraubenzieher ihres Multifunktionswerkzeugs von der Straße abkratzte und in einen kleinen Beweismittelbeutel praktizierte. Sie ließ den Ledermann erschrocken fallen, als ein riesiger Linienbus zischend bremste und wütendes Hupen ertönte.

»Ist ja gut!«, winkte Hanna dem wütend gestikulierenden Fahrer zu, steckte das Werkzeug in ihre Gürteltasche und ging von der Straße zurück auf den Bürgersteig. Dann rief sie ihrer Kollegin zu: »Stefanie, ich habe was!«

Doch Polizeimeisterin Stefanie Schäfer hörte Hanna nicht, weil sie, viel zu weit entfernt, hinter dem Taxistand ebenfalls auf dem Boden kauerte. Hanna beeilte sich, zu Stefanie zu kommen, und wiederholte atemlos: »Ich habe was gefunden!«

Stefanie, immer noch in der Hocke sah nachdenklich zu Hanna auf und antwortete: »Ich schätze, ich auch.«

Hanna erkannte, was ihre Kollegin meinte. Kurz hinter dem Taxistand war das unregelmäßige Kopfsteinpflaster behelfsmäßig zubetoniert worden. An einigen Stellen war die raue Betonoberfläche auf der Fahrbahn allerdings schon zerbröckelt und gab die alten Pflastersteine darunter wieder frei. Die Straße führte an einem roten Backsteingebäude vorbei zu einem breiten Eisentor, das nun geschlossen war. Offensichtlich das Gelände des Schrotthändlers, von dem Stefanie gesprochen hatte.

»Die Schwertransporte fahren hier täglich ein und aus«, sagte Stefanie, die Hannas Blick gefolgt war.

»Diese Stadt ist an manchen Ecken wirklich in einem erbarmungswürdigen Zustand«, sagte Hanna.

»Zu unserem Glück, sieh dir das an.« Neben einer der unregelmäßigen Bordsteinkantenblöcke aus Granit, offensichtlich eine der allerersten Generation dieser Straße, zeichnete sich ein Reifenprofil im getrockneten Matsch ab, der an dieser Stelle statt Beton die Pflastersteine bedeckte.

»Das Profil sieht wie ein normaler Sommerreifen

aus. Könnte von einer der Taxen stammen«, sagte Hanna und deutete auf den Taxistand.

»Kann sein, aber diese Reifenspur wohl eher nicht«, antwortete Stefanie. Sie zeigte mit der Schuhspitze auf zwei Gummispuren, die auf dem rauen Betonboden zurückgeblieben waren. Die Streifen waren länger als die, die Hanna gefunden hatte. Sie wiesen darauf hin, dass ein Wagen mit radierenden Reifen von der Bordsteinkante abgefahren war. Hanna betrachtete die Richtung, die der Wagen gefahren sein musste, dann sah sie Stefanie an.

»Du meinst, der Fahrer hat hier auf die Mädchen gewartet«, stellte sie fest.

Stefanie blickte zwischen ihrer Position und der markierten Unfallstelle, etwa zwanzig Meter von ihrem Standpunkt entfernt, hin und her. »Ich denke, er musste ziemlich Gas geben, um wenigstens eine der beiden vor der Kurve noch zu erwischen«, antwortete sie. »Vielleicht hat der Fahrer nicht aufgepasst, als er auf sie wartete. Er hat die Mädchen zu spät gesehen und …«

… musste einen Kavalierstart hinlegen, um die Mädchen überfahren zu können«, sagte Hanna nachdenklich.

Stefanie zuckte mit den Schultern und sah ihre Kollegin unsicher an. So, als ob sie befürchten würde, dass die Kommissarin ihr nicht glauben könnte. Doch Hanna zog einen Beweismittelbeutel mit schwarzen Gummikrümeln darin aus der Lederjacke und zeigte ihn Stefanie.

»Ich habe auch eine Spur auf der Straße gefunden. Da vorn, vor der Bushaltestelle.«

»In die Richtung ist der Wagen verschwunden,

hat das andere Mädchen ausgesagt«, antwortete Stefanie.

Hanna nickte. Sie sah noch einmal von der Abfahrtstelle in Richtung Unfallort, dann zur Bushaltestelle.

»Was denkst du?«, fragte Stefanie.

»Dass du mit deiner Vermutung recht hast.«

»Du meinst, der Fahrer hat nicht aufgepasst und musste dann Gas geben, um ...«

»Nein«, unterbrach Hanna. »Ich glaube, der *Täter* war einfach ein miserabler Autofahrer! Vielleicht war er betrunken. Oder er hat noch nicht mal einen Führerschein ...« Hanna betonte die Bezeichnung »Täter« mit voller Absicht, um der Kollegin klarzumachen, dass es sich von nun an um eine Ermittlung wegen versuchten Mordes mit einem PKW als Tatwerkzeug handelte. Hanna fasste zusammen: »Von hier rast er los ... Keinerlei Brems- oder Ausweichspuren am Unfallort. Der Reifenabrieb an der Bushaltestelle da hinten ist zu kurz für eine Bremsspur. Entweder hat er sich dort verschaltet oder in Panik viel zu viel Gas gegeben.«

Stefanie dachte kurz nach, dann nickte sie.

»Am besten rufst du ein paar deiner Kollegen, die diese Stellen schützen, bis die Spurensicherung eintrifft«, sagte Hanna. »Wir müssen den gesamten Bahnhofsvorplatz sperren. Bis hierhin.«

Stefanie riss die Augen auf, als ihr ein ähnlicher Gedanke kam wie Hanna zuvor. »Oh Gott, ich weiß genau, was Meuser dazu sagen wird.«

»Von ›sagen‹ wird bei Meuser in diesem Fall wohl kaum die Rede sein. Brüllen, das wird er«, grinste Hanna und zückte ihr Handy.

Während sie sich mit der Kriminaltechnik verbinden ließ, begann Stefanies Funkgerät zu rauschen. Hanna stellte sich etwas abseits, sorgfältig darauf bedacht, die Reifenspur im Matsch nicht zu betreten. Während sie dem Kollegen Fichtner erste Details erläuterte, wurde sie auf Stefanie aufmerksam, die mit wirklich beeindruckender Geschwindigkeit zum Polizeiwagen stürmte und mit Blaulicht und Sirene zu Hanna zurückfuhr.

»Wie gesagt, am Bahnhof! Die Kollegen weisen euch ein. Ich muss los.«

Als sie durch die von Stefanie bereits geöffnete Beifahrertür in den Wagen sprang, gab die sofort wieder Gas.

»Hey, ich komme mir vor wie bei ›Starsky & Hutch‹! Was ist denn los?«, rief Hanna über die Sirene hinweg.

»Auf der Wache ist vor einer Minute ein Notruf eingegangen. Bei den Cardascias soll jemand ums Haus schleichen«, antwortete Stefanie.

Hanna prüfte mit einem Handgriff, ob sie ihre Dienstwaffe dabeihatte. Doch die lag natürlich in ihrer Schreibtischschublade im ersten Stock der Polizeiinspektion Mitte. »Mist!«

»Weißt du, was mir wirklich Sorgen macht?«, fragte Stefanie, während sie den Streifenwagen gekonnt um eine Kurve schlittern ließ.

»Du wirst es mir verraten«, sagte Hanna, ohne den Blick von der Straße abzuwenden.

»Bis jetzt hat der Täter nur einen Zwilling erwischt. Er wird es also wieder versuchen«, sagte Stefanie und gab Gas. »Sag mal, was ist eigentlich ›Starsi und Hatsch‹?«, wollte Stefanie wissen.

»Die kennst du nicht?«, wunderte sich Hanna.

Stefanie schüttelte den Kopf.

»Dann hältst du ›Magnum‹ also auch nur für ein Eis, oder?«, fragte Hanna.

»Klar, für was denn sonst?«, nickte Stefanie. In diesem Moment kam Hanna sich wieder einmal RICHTIG alt vor.

Mittlerweile war es dunkel geworden. Das Einfamilienhaus der Cardascias lag an der Kreuzung einer Ausfallstraße. Eine fast drei Meter hohe Hecke gab nur einen Eingang frei und verhinderte den Einblick in Garten und Haus. Stefanies Streifenwagen war offensichtlich der erste vor Ort.

Ohne zu zögern, übernahm Hanna das Kommando, als Stefanie vor dem Haus gehalten und die Sirene, nicht aber das Blaulicht ausgeschaltet hatte. Die beiden Frauen sprangen aus dem Wagen und Hanna rief:

»Du gehst an die Tür! Ich sichere den Garten!«

Hanna kletterte über ein hüfthohes Gitter, das den Stellplatz links neben dem Haus vom umgebenden Garten trennte. Sie lief über knirschenden Kies durch den seitlichen Teil des Gartens zur Ecke des Hauses und spähte mit klopfendem Herzen ins Halbdunkel hinter dem Gebäude.

14.

Die einzige Lichtquelle ist ein beleuchtetes kleines Gewächshaus am Ende des Gartens, dessen Sprossenfester ein verzerrtes Muster auf die Rasenfläche wirft. *Unheimlich. Wie bei Hänsel und Gretel*, denkt Hanna unwillkürlich.

Irgendwo im Haus kläfft ein hysterischer Hund, der nicht besonders groß sein kann. Trotzdem wünscht sich Hanna in diesem Moment schwer atmend nichts sehnlicher als ihre Dienstwaffe. Plötzlich knackt es im Garten und Hanna zuckt zusammen.

»Hier spricht die Polizei! Zeigen Sie sich!«, ruft sie in einem Befehlston, den nur Polizisten unter Einwirkung von Adrenalin so hinbekommen, dass es WIRKLICH gefährlich klingt. Das Knacken und Scheppern setzt sich fort. Durch die Glasscheiben des Gewächshauses sind Schatten zu erkennen. Irgendetwas dahinter fällt krachend zu Boden.

Im Haus selbst rührt sich nichts. Es werden keine Lichter eingeschaltet und von Stefanie ist nichts zu sehen. Also zückt Hanna mit einem kleinen leisen Fluch ihren Ledermann vom Gürtel, klappt die Zange halb auf und hält das schwarz-silberne Multitool wie eine Miniaturausgabe ihrer Dienstwaffe sichernd mit beiden Händen vor sich. Es scheppert erneut hinter dem Glashaus. Eine Scheibe splittert.

Ihr Bluff wird höchstens zwei Sekunden wirken, auf keinen Fall länger, darüber ist sich Hanna vollkommen im Klaren. Dennoch atmet sie tief durch, sprintet geduckt und fast lautlos über den Rasen und späht endlich hinter das Gewächshaus, von dem in diesem Moment lautes Krachen und Splittern von Holz zu hören ist.

»Keine Bewegung!«, ruft sie mit vorgehaltener Kombizange in den aufgewirbelten Staub aus Torf und Holzmehl. Hanna denkt an Sternenstaub, denn das Licht der Pflanzenlampen tut ein Übriges, durch die Luft tanzende Partikel zu beleuchten. Zwischen zerbrochenen Holzbrettern und den Resten von Tontöpfen ragen die Extremitäten eines Mannes empor, der sich mit einer kaum enden wollenden Tirade aus »Gottverdammt«, »Himmel, Arsch und Zwirn« und weiteren, weniger verständlichen Flüchen zu befreien versucht.

»Liegen bleiben!«, bellt Hanna. Doch der Mann beachtet sie überhaupt nicht. Er ist riesig, an die zwei Meter groß und muskulös, so weit das durch den Strickpullover und die Lederweste hindurch zu erkennen ist. Er liegt wie ein umgekippter Käfer inmitten von Tonscherben und zerbrochenen Latten auf dem Rücken. Die groben Profile seiner Arbeitsschuhe fuchteln Hanna vor der Nase herum.

»Jetzt helfen Sie mir doch, verdammt!«, ruft er Hanna zu.

Wie ein Flüchtiger klingt der nicht gerade, denkt Hanna. Sie steckt ihre Geheimwaffe in die Gürteltasche und reicht dem Mann die Hand. Der unternimmt alles, um ihr beim Hochziehen zu helfen, und richtet sich stöhnend auf. Ehe der große Mann weiß, wie ihm geschieht, befördert Hanna den Verdächtigen aus dem Gerümpel und seiner hilflosen Rückenlage mit einem eleganten Schwung auf den Bauch. Als er, nicht weniger hilflos, auf dem Rasen liegt, biegt Hanna seine Hände hinter den Rücken und bindet sie blitzschnell mit zwei Kabelbindern aus ihrer Lederjacke in einer Acht zusammen. Dann kniet sie sich auf seinen Rücken.

»Au! Was soll das?«, keucht der Gefesselte mit dem Gesicht im Gras. »Sind Sie verrückt?«

»Wir haben einen Notruf erhalten«, antwortet Hanna ruhig.

»Ja, klar ... Von mir!«, kommt es angestrengt zurück.

»Hanna?«, ist Stefanies Stimme zu hören.

Hanna dreht sich um und starrt in die Dunkelheit. »Ich bin hier!«

In diesem Moment macht der Mann einen heftigen Ruck mit der Schulter, um Hanna abzuwerfen. Doch sie erhöht den Druck ihres Knies und der Mann sackt stöhnend unter ihr zusammen.

Stefanie erscheint neben der Kommissarin und kniet sich sofort auf die strampelnden Beine des Festgenommenen.

»Im Haus ist niemand!«

»Um das festzustellen, hast du so lange gebraucht?«, zischt Hanna gereizt. Sie sieht ärgerlich auf die Waffe in Stefanies Hand, die sie selbst gern zur Festnahme des Riesen gehabt hätte.

»Entschuldige, aber da drin hat ein Hund randaliert. Ich dachte, es wären Personen im Haus.«

»Mister Big«, keucht der Mann am Boden.

»Zu Ihnen kommen wir gleich«, knurrt Hanna. Sie

erliegt dem sadistischen Impuls, ihr Knie kurzfristig noch etwas fester in den Rücken von »Mister Big« – *Was für ein selten bescheuerter Name!*, denkt Hanna – zu pressen.

»Aua!«, keucht der Mann. »Nicht ich! Der Köter heißt so! Mister Big ist der Hund!«

Es klingt wie ein Jaulen. Kurz darauf heulen auch die Sirenen weiterer herannahender Polizeifahrzeuge auf.

15.

»Zucker ist gut gegen Traurigkeit!«, sagte Gloria entschuldigend als sie Antonias Blick sah, der dem Zuckerstrahl in die Espressotasse kritisch folgte. *Die Tasse muss bald voll sein*, dachte Antonia.

»Möchtest du Tirami su?«

»Nein, danke«, lehnte Antonia ab. Obwohl sie wusste, dass der Name der Nachspeise aus Löffelbiskuit, Mascarpone und Ei »Zieh mich hoch« bedeutete. Beide hatten ihre Pizze Quattro Stagioni, eine Spezialität der »Trattoria Vesuvio« kaum angerührt. Natürlich war Antonia klar, dass der Vorschlag für den Abstecher ins »Vesuvio« an der Ecke Kantstraße nicht ganz frei von Hintergedanken war. Aber wer konnte Mama verübeln, dass sie mit Betty, ihres Zeichens Chefin des »Vesuvio« und beste Freundin von Gloria, das Leid beklagen wollte, das den Cardascias widerfahren war. Denn im Beklagen von Leid war Betty einsame Spitze, das musste man ihr wirklich lassen. Zumindest, seit ihr Mann, oder besser Ex-Mann, statt mit Kochgeschirr in der Küche zu hantieren, mit einer abgesägten Schrotflinte losgezogen war, um ihrer beider Leben durch einen Raubüberfall zum Besseren zu wenden. Seit dem hatte Betty die »tragedia« sozusagen abonniert. Jeden Abend, außer Montag, da war geschlossen, konnten sich die amüsierten Gäste der schauspielerischen Glanzleistung Bettys mit einem Lächeln oder einer Gänsehaut versichern. Wenn Betty, zwischen Servieren und Kassieren, Informationshäppchen unter das anwesende Volk mischte, dem die typisch sizilianische Küche des Restaurants weit weniger wichtig war, als der Grusel, die Geschichte aus erster Hand präsentiert zu bekommen.

»Sie haben die Knochensplitter noch an der Decke gefunden!«, war nur eine dieser schaurig schönen Informationen, an die sich Antonia noch erinnerte. Dass es sich nicht, wie in dem Gerücht, um Hirnknochen eines Wachmannes handelte, darüber hatte Gloria ihre Tochter später aufgeklärt.

»Ach was, er hat sich bloß selbst bei einem Warnschuss an die Decke einen Finger abgeschossen. Und dann war die ganze Sache auch ziemlich schnell vorbei. Sonst wäre er verblutet …«

Betty störte der unrühmliche Ausgang des Überfalls einer Spielothek in der Innenstadt wenig. Ihr Ex hatte sich dort siebenhundertfünfzig Euro Bargeld, überwiegend in Münzen und eine Haftstrafe wegen bewaffneten Raubüberfalls erspielt.

»Er war ein Trinker!«, wagte Gloria manchmal, in mutigen Stunden, gegenüber Betty das Thema zu beenden. In Glorias Augen traf das auf die meisten Unzuverlässigen oder Abtrünnigen der männlichen Bevölkerung zu. Und wenn Antonia ehrlich war, gab sie ihrer Mama insgeheim recht. Der versoffene Karnivorenzüchter, den sie gerade erst getroffen hatten, war das beste Beispiel dafür. Antonias Magen zog sich zusammen, als sie an ihre Schwester dachte. *Verdammt! Das Handy!* Antonia zog ihr Telefon aus der Tasche und richtig: Sie hatte vergessen, es wieder einzuschalten! Während das Menü die Startsequenz anzeigte, verfluchte sich Antonia. Was, wenn das Krankenhaus Neuigkeiten über Bellas Zustand hatte? Gloria besaß kein Mobiltelefon, daher war Antonias Mutter nicht vorzuwerfen, dass sie sich auf die Tochter verlassen hatte. *Oh Mist! Seit sie das Krankenhaus verlassen hatten, sind sieben Anrufe eingegangen!* Antonia las mit fiebrigem Blick die Liste: Jan zweimal, einmal Claudia und viermal Hans. Zum Glück nicht das Krankenhaus. Das Display zeigte vier Nachrichten auf der Mailbox. Gloria sah auf. Betty hielt ebenfalls inne.

»Was ist? Das Krankenhaus?«, wollte Gloria wissen.

»Neuigkeiten von Bella?«, fragte Betty.

Da Antonia das Schicksal ihrer Schwester nicht in Bettys Tragik-Inszenierung integriert wissen wollte, schüttelte sie beschwichtigend den Kopf, während sie Hans' Stimme auf der Mailbox hörte. Er schien im Auto zu sitzen, denn es rauschte wie früher bei einem Ferngespräch aus Italien: »Hallo, Schatz, ich bin in zwei Stunden bei euch, wenn alles glatt läuft. Im Moment ist die Bahn frei …«

Die zweite Nachricht von Hans war ebenfalls ein Tourbericht mit Zwischenstand. Nummer drei ein etwas ärgerlicher Anruf, nachdem Hans im Krankenhaus gewesen und weder Gloria noch Antonia dort angetroffen hatte. Die vierte und letzte Nachricht musste Antonia zweimal hören, um sich halbwegs einen Reim darauf machen zu können. Dann sprang sie von ihrem Platz auf.

»Mama! Wir müssen los!«

»Was ist mit Bella?«

Totenstille im »Vesuvio« – ALLE hielten den Atem an und spitzten die Ohren. Auch Betty, die nach über anderthalb Jahren durchaus eine neue Sensation für ihr Restaurant gebrauchen konnte. Antonia musste ihre ganze Konzentration aufbieten, um sich ruhig und leise zu ihrer Mutter vorzubeugen und ihr zuzuflüstern – Betty fielen fast die Ohren vom Kopf, vor lauter Neugierde –

»Nichts Neues. Aber die Polizei ist bei uns zu Hause. Jemand wollte wohl einbrechen oder so ...«

»Madonna!« Gloria schlug die Hände vor den Mund, sprang auf und umarmte Betty wortlos zum Abschied.

16.

Hans saß im Büro von Hanna Broder und knetete sein angestauchtes Handgelenk mit Daumen und Zeigefinger der anderen Hand. Durch das Fenster war schemenhaft der riesige kugelrunde Gastank der Stadtwerke zu erkennen, deren Gelände direkt an die Polizeiinspektion Mitte grenzte. Der Tank wurde mit einem blauen Licht angestrahlt, was der Metallkugel in der Dunkelheit ein fast extraterrestrisches Aussehen verlieh.

Hanna Broder betrat den Raum und knallte eine Akte auf ihre Schreibtischunterlage. »Ihre Angaben habe ich überprüft. Scheint soweit alles zu stimmen.«

»Natürlich«, antwortete Hans empört.

»Warum haben Sie mir das nicht alles sofort im Garten gesagt?«

»Wie denn? Erst schleudern sie mich durch die Luft und dann brechen Sie mir mit Ihrem Knie fast das Rückgrat!«

»Wir haben einen Anruf erhalten, dass eine verdächtige Person durch den Garten der Cardascias schleicht«, sagte Hanna. Mitleid oder ein schlechtes Gewissen schien sie Hans gegenüber nicht zu haben.

»Ich weiß, der Anruf kam ja von mir. Aber das habe ich Ihnen doch schon …«

»Also sind Sie nicht auf diesen morschen Holz-schuppen geklettert, um zu fliehen?«, unterbrach Hanna.

»Quatsch! Ich wollte über die Hecke sehen. Ob der Typ durch die Nachbargärten verschwunden ist. Und in dem Moment, als das Mistding unter mir zusam-menbrach, tauchten Sie auf.«

»Sie hätten sich ja wohl denken können, dass das morsche Ding Sie nicht aushält«, antwortete Hanna und stand auf.

»Wie? Das war's jetzt?«, fragte Hans verblüfft.

»Was erwarten Sie von mir, Herr Bertram? Einen Fresskorb mit roter Schleife und einer Entschuldi-gungskarte?«

»Nein, ich …«

»Sie haben sich nicht zu erkennen gegeben. Und beim Versuch der Festnahme haben Sie sich auch noch gewehrt! Ich könnte Sie wegen Widerstands gegen …‹

»Das meine ich nicht, Frau Broder«, unterbrach Hans. »Ich will doch nur …« – Hannas Augenbrau-en hoben sich und Hans verbesserte sich eilig – »Ich *möchte* doch nur wissen, was jetzt wegen diesem Ty-pen passiert, der durch den Garten geschlichen ist.«

»Dieses«, sagte Hanna.

»Was?«, fragte Hans.

»Es heißt ›wie bitte‹, nicht ›was‹. Und es heißt ›we-gen *dieses* Typen‹, nicht ›wegen diesem Typen‹.«

»Sie verarschen mich, oder?«

»Ein wenig, Herr Bertram. Nur ein kleines biss-chen. Doch nun wünsche ich Ihnen eine gute Nacht, Sie können gehen«, antwortete Hanna mit einem Lä-cheln, als hätte der Mann ihr gerade einen Herzens-wunsch erfüllt.

Hans stand zähneknirschend auf, ging zur Tür und riss sie auf.

»Nicht knallen!«, befahl Hanna. Und bevor Hans ihren Wunsch ignorieren oder ihm entsprechen konnte, fügte sie noch eine betont harmlos klingende Frage hinzu: »Wie sind Sie eigentlich aus Hamburg angereist?«

»Mit meinem Firmenwagen«, antwortete Hans.

»Was ist das für ein Fahrzeugtyp?«

»VW-Transporter.«

»Farbe?«

»Weiß, wieso?«

»Steht auf dem Fahrzeug etwas? Ich meine, hat der Wagen eine Beschriftung?«, fragte Hanna, stand auf und ging um den Schreibtisch herum auf Hans zu.

»Name und die Adresse des Gartenbaubetriebs, für den ich arbeite. Warum fragen Sie mich das alles?«

Hanna schob Hans in ihr Büro zurück.

»Wann genau sind Sie angekommen, Herr Bertram?«

»Ich sage jetzt gar nichts mehr«, antwortete Hans und verschränkte die Arme vor der Brust.

»Das werden wir ja sehen … Wo ist das Fahrzeug jetzt?«, fragte Hanna. Sie schloss die Tür zu ihrem Büro wieder.

17.

Gloria legte auf und sah Antonia verständnislos an.
»Sie behalten ihn über Nacht da.«

»Wieso denn?«, fragte Antonia verwundert.

»Keine Ahnung«, anscheinend hat er die Polizei gerufen, als er im Garten auf uns gewartet hat. Und dann muss es irgendwie zu Komplikationen gekommen sein.«

»Komplikationen? Was soll das bedeuten?«, wollte Antonia wissen.

Ihre Mutter gestikulierte gereizt mit den Händen, als verscheuche sie unsichtbare Fliegen. »Antonia, ich weiß es nicht. Die Beamtin nannte es ›Komplikationen‹, also nenne ich es so. Morgen früh gehen wir hin und erkundigen uns. Schläft er heute Nacht eben nicht im Keller, sondern in einer Zelle. Ist ja kein Beinbruch, oder?«

Mutter und Tochter standen an dem runden Tisch im Wohnzimmer, an dem die Familie früher zusammen gegessen, gespielt, gelacht und gestritten hatte. Alle zusammen. Gloria, Hans, Isabella und Antonia. Bei dem Gedanken an diese Zeiten und mit Blick auf die dezimierte Runde traten Antonia die Tränen in die Augen. Als ihre Mutter es bemerkte, ging sie um den Tisch und schloss ihre Tochter fest in die Arme.

»Er hat nicht einmal mehr einen Hausschlüssel,

oder?«, schluchzte Antonia. Vor ihrem Blick durch die Glasfront in den Garten verschwamm der leuchtende Fleck in der Ecke des Gartens, den die Ruine des Gewächshauses darstellte. Gloria wiegte ihre Tochter. Eine Antwort gab sie nicht, denn die stand bereits im Raum. Wie ein stiller Vorwurf.

»Papa musste im Garten warten, obwohl du ihn zu Hilfe gerufen hast«, schniefte Antonia und ein neuer Weinkrampf durchzuckte sie. »Er hat das Haus doch gebaut!«, setzte sie nach, als sie endlich wieder Luft bekam.

Ja, das hat er wirklich dachte Gloria traurig, und ließ den Anfall ihrer Tochter von Trauer und Wut wortlos über sich ergehen. *Hoffen wir, dass er beim Hausbau bessere Arbeit geleistet hat als beim Geräteschuppen am Glashaus*, dachte sie und streichelte Antonia besänftigend über die Stirn.

18.

»Kommst du mit ins Bett?«

Herder zuckte zusammen und sah auf. Seine Frau stand im Türrahmen. Obwohl er sich sicher war, die Tür zum Arbeitszimmer sorgfältig hinter sich geschlossen zu haben. Monika trug ein grünes Negligé, durch das man kaum etwas sehen, jedoch viel Schönes erahnen konnte.

»Nein, ich, äh ...«

Sie ist wirklich wunderschön! Wie sie da steht, ein Bein leicht angewinkelt, das Glas Rotwein in der Hand ... Fast wäre er schwach geworden, fast hätte er ...

»Tut mir leid, Schatz. Heute geht es wirklich nicht.«

»Gestern nicht ... heute nicht. Morgen und übermorgen auch nicht!« Monika klang nicht böse, eher enttäuscht. Und das war für Herder fast noch schlimmer.

»Wann teilen wir denn endlich wieder das Kopfkissen?« Sie nippte am Rotwein und stellte die Spitze eines ihrer schlanken Füße auf den anderen. Rot lackierte Zehennägel trafen sich und Herder verlor sich für einem Moment in dem Anblick.

»Das Kopfkissen teilen« war eine aus dem Japanischen entlehnte Bezeichnung für das, was Herder in diesem Moment am allerliebsten mit seiner Frau getan hätte. Aber leider –

»Wenn ich diesen Antrag nicht rechtzeitig fertig bekomme, ist das eine Katastrophe, Moni!«

Sie seufzte leise. »Es ist jedes Jahr das Gleiche, Rolf. In den letzten zwei Monaten vor dem Landeswettbewerb kann man dich echt vergessen!« Sie wehte wie eine lindgrüne Brise aus der Tür und Herder durchfuhr tief empfundenes Bedauern. Doch dann stand er auf und schloss seine Tür leise. Monika hatte ja recht. Natürlich war die Zeit vor dem Landeswettbewerb von ›Jugend forscht‹ immer etwas hektischer als der normale Schulalltag. Doch dieses Jahr war alles anders! Die Cardascia-Zwillinge waren einer ganz großen Sache auf der Spur. Wenn er es richtig anstellte, und davon hielt ihn eigentlich nur noch dieser vermaledeite Papierkrieg ab, dann würde es dieses Jahr mit Sicherheit zu einer echten Sensation kommen – Es klopfte und Herder fuhr erneut zusammen. Er drehte sich um und sagte: »Moni, es geht wirklich nicht! Vielleicht morgen nach der …«

Es klopfte wieder, doch dieses Mal fiel Herder auf, was ihm vorher entgangen war. Das Klopfen kam nicht von der Tür zum Flur, sondern vom Fenster. Herder spähte in den stockdunklen Garten und erschrak zu fast zu Tode, als ein leichenblasses Gesicht an der Scheibe erschien.

»Mein Gott, Richard!«, brauste er auf. Sein neuerdings daueralkoholisierter Studienkollege hielt eine Bierflasche hoch, klopfte damit an das Fenster und grinste wie ein kompletter Vollidiot. Herder öffnete eilig die Glastür zum Garten und zog Richard ins Arbeitszimmer, bevor der die Nachbarn aufwecken konnte.

»Spinnst du? Um diese Zeit so einen Krach zu machen?«

»n' Abend, du Schlawiner«, lallte Richard fröhlich.

Er roch wie ein nasser Hund, der eine uralte Mülltüte samt Inhalt im Maul trug.

Herder schüttelte angewidert den Kopf. »Meine Güte, du solltest dich wirklich mal sehen, Richard.«

»Ach komm, so'n kleiner Schwips hat donnoch keim geschadet«, nuschelte Richard und stützte sich schwer auf Herders Schreibtisch.

»Was willst du so spät noch hier?«, fragte Herder.

»Diese Mädels ... sin' weg! Einfach weg«, ereiferte sich Richard.

»Ich weiß! Nicht so laut, bitte ...«

Herder schob Richard sanft zu der Couch, die vor den Bücherregalen stand. »Hier legst du dich erst mal hin.«

»Das'n Riesending, Rolf! Mit den Neppennes und den Mädels ... ›ne ganz heiße Sache«, nuschelte Richard und ließ sich schwer in die Kissen fallen.

Noch bevor Herder »Ich weiß« antworten konnte, war Richard bereits eingeschlafen. Einen Moment überlegte er, ob er den Volltrunkenen zurück in dessen Haus bringen sollte. Doch dann entschied er sich dagegen und machte sich unter dem infernalischen Geschnarche des ungebetenen Gasts lieber wieder an die Anträge, die ihm so wichtig waren, dass er dafür sogar den Verführungskünsten seiner Frau widerstand.

19.

Antonia inspizierte den Schaden am Gewächshaus. Den Pflanzen war zum Glück nichts passiert. Sie ersetzte die zerborstenen Glasscheiben provisorisch mit Styropor-Dämmplatten, die sie im Keller gefunden hatte, damit sich die Karnivoren nicht verkühlten. Dabei überdachte sie noch einmal den Entschluss, den sie gefasst hatte.

Gloria und Antonia hatten es lange diskutiert: Sollte Antonia die Präsentation bei der Endausscheidung des Wettbewerbs absagen oder trotz allem daran teilnehmen?

Bella hatte sozusagen gekündigt, kurz bevor sie von dem Wagen angefahren worden war. Aber war das wirklich ernst gemeint gewesen?

»Ach was! Du weißt doch, dass deiner Schwester vor Prüfungen manchmal die Nerven durchgehen«, hatte Gloria zu bedenken gegeben.

Oh ja, das wusste Antonia allerdings. Nicht zuletzt deshalb hatten sich die Zwillinge darauf geeinigt, sich äußerlich wieder wie ein Ei dem anderen zu gleichen. Antonia, die nicht so leicht aus der Ruhe zu bringen war, hatte mehr als eine Klausur unter dem Namen ihrer Schwester geschrieben.

Im Glashaus ging Antonia in die Hocke und strich prüfend über die Styroporplatte, die sie in die Öffnung der Bruchstelle geklemmt hatte. Als sie aufstand, meinte sie ein Geräusch im Garten gehört zu haben. Sie blinzelte gegen das helle Pflanzenlicht in die Dunkelheit. Doch es war nichts zu sehen. Wer auch immer hier gewesen sein sollte, war schon lange verschwunden. Von ihrem Vater und der Polizei vertrieben, da war sich Antonia sicher.

Im warmen Licht des Gewächshauses fühlte sich Antonia immer sicher und geborgen. Ein merkwürdiger Umstand, wenn sie daran dachte, dass jede einzelne dieser tropischen Pflanzen es sich zum Ziel gesetzt hatte, so viele Tiere wie möglich zu töten und zu verdauen, um das eigene Überleben zu sichern. Es gab unzählige Arten von Klebefallen, Klappfallen und Kannenfallen – alles Erfindungen der Natur, um selbst unter extrem nahrungsarmen Bedingungen als Pflanze nicht zu verhungern.

Der junge Trieb einer Nepenthes alata kitzelte Antonias Nase. Sie nieste und grinste, dann betrachtete sie den Trieb, der sich dünner, aber etwa genau so lang wie ein Zahnstocher ganz weich aus der Spitze eines hellgrünen, fleischigen Blattes der Pflanze geschoben hatte. An der Spitze des Triebes war jetzt schon in geradezu winziger Ausprägung zu erkennen, dass sich daraus bald eine neue Kanne bilden würde. Samt einem perfekt geformten Deckel gegen den einfallenden Regen, der die Verdauungsflüssigkeit im Inneren der Kanne sonst zu verdünnen drohte. Samt dem nach innen gebördelten Rand als Rutschfalle für Insekten – es war phantastisch! Wie jedes Mal, wenn sie diese Pflanzen genauer betrachtete, wurde Antonia das Wunderwerk klar, das sich hier mit jedem neuen Blatt, mit jeder neuen Kannenfalle neu bildete und entfaltete.

Die Stimme ihrer Schwester klang ihr plötzlich in den Ohren: »Stell dir vor, das sind Pflanzen die so wenig Nahrung über ihre Wurzeln bekommen, dass sie mit ihren Blättern Insekten fangen und sich von den Tieren ernähren. Ist das nicht cool?«

Das war lange her. Als die Zwillinge durch die Gänge eines Baumarkts geschlendert und zufällig in der Abteilung mit geschmacklosen Gestecken aus Trockenblumen, allerlei trostlosen Kakteen und anderen seltsamen Pflanzen gelandet waren, während Hans sich in der Sanitärabteilung zwischen Rohren und Mischbatterien vergraben hatte.

»Ist das cool!«, hatte Bella immer wieder gesagt, wenn die Klappe der Venusfliegenfalle auf eine leichte Berührung hin zugeschnappt war. Eine Dinoaea muscipula für 2 Euro 99 hatte das Fieber in Bella ausgelöst. Nach der ersten, zweiten und dritten Pflanze auf der Fensterbank folgte ein Minigewächshaus dem nächsten, die für ihre Fenster im Kinderzimmer bald zu groß wurden. Künstliche Beleuchtung wurde eingeführt, doch auch weitere Behältnisse reichten für die Nachzuchten und Neuanschaffungen bald nicht mehr. Gloria war sich zuerst sicher gewesen, dass es sich wieder nur um eine der typischen Spinnereien ihrer Töchter handelte. Doch weit gefehlt: Bella hatte erst Ruhe gegeben, als Hans das Gewächshaus in den Garten der Cardascias gestellt hatte. In der Zwischenzeit fing auch Antonia Feuer. Drosera, der Sonnentau, hatte es ihr besonders angetan. Tausende kleiner, mit klebrigen Fangtröpfchen versehene Tentakel bilden eine wunderschön wirkende Blüte, deren tödliche Gefahr ein Geheimnis bleibt, bis ein Insekt der Verlockung erliegt. Die Tiere kleben in der einladenden, zuckerhaltigen Flüssigkeit fest und im Zeitlupentempo senken sich immer weitere Tentakel auf das Tier, das schließlich vor Erschöpfung verendet und von eben diesen Tentakeln verdaut wird.

Zugegeben – es war auch der morbide Charme dieser mordenden Pflanzengattungen, die aus reinem Überlebenstrieb diese seltsam anmutende Techniken entwickelt hatten. Die Zwillinge liebten sie! Sie veranstalteten sogar Führungen durch ihr kleines Gewächshaus, das nicht größer war als eine halbe Garage. Doch im Inneren verbargen sich ebenso gruselige wie geheimnisvolle kleine Killerpflanzen. Wunder der Natur!

Antonia verließ das Gewächshaus, ging über den Rasen zur Terrassentür und zog dort ihre Schuhe aus, bevor sie das Wohnzimmer betrat. Gloria saß gähnend vor dem Fernseher. Antonia winkte ihr zu und sagte: »Ich gehe nach oben. Nacht, Mama!«

»Komm mal her«, sagte Gloria sanft und schaltete den Fernseher aus. Antonia ließ sich neben ihrer Mutter auf das Sofa fallen. Ihre Mutter roch gut. Und aus einem Grund, der Antonia partout nicht einfallen wollte, erinnerte sie der Geruch ihrer Mutter an den Unfall. Die Bilder kamen wieder: Wie der weiße Kleinbus mit der dunkelgrünen Schrift auf den Türen angeschossen kam, wie Bella mit dem Kopf auf den Wagen knallte und dann zu Boden ging. Ihr Fahrrad, über dessen Hinterrad der Wagen noch rollte, sodass es in die Luft geschleudert wurde und auf ihrer Schwester zu liegen kam –

Antonia zuckte zusammen, als Gloria ihr eine Haarsträhne aus der verschwitzten Stirn strich.

»Es wird alles wieder gut, glaube mir.«

Wie sehr wollte Antonia ihrer Mutter in diesem Moment glauben. Doch sie konnte nicht verhindern, dass sie schnaufend einatmen musste und dicke, heiße Tränen über ihr Gesicht zu laufen begannen.

»Ich hätte ...« Antonia versagte die Stimme, sie schniefte. Ihre Mutter schüttelte den Kopf, wie Antonia durch den Tränenschleier bemerkte.

»Niente ... Nichts! Du konntest absolut nichts dafür. Du konntest nichts dagegen tun!«

»Aber Bella ist doch meine Schwester!«, rief Antonia. Sie fiel ihrer Mutter mit einem Schluchzen der Verzweiflung in die Arme. Und natürlich kamen auch Gloria wieder die Tränen.

Beide ahnten nicht, dass sie in diesem intimen Moment aus einer Ecke des Gartens die ganze Zeit beobachtet wurden.

Gloria strich Antonia irgendwann die Haare aus dem Gesicht und sagte: »Sie wird wieder gesund. Und nun geh schlafen. Du hast doch am Montag diesen wichtigen Termin bei RayCon.«

Antonia gab ihrer Mutter einen Kuss, nickte und flüsterte: »Gute Nacht.«

20.

Auf dem Weg nach oben in ihr Zimmer wurde Antonia klar, was es bedeuten würde, den zweiten Termin für das Projekt bei ›Jugend forscht‹ in einem der größten deutschen Chemie- und Pharmakonzerne Deutschlands ohne Bella wahrzunehmen. Ihre Schwester fehlte Antonia so sehr!

Die RayCon Aktiengesellschaft war ein Riese, der seine Finger von der Nachbarstadt aus über das ganze Land, über die ganze Welt ausgestreckt hatte. RayCons Pipelines schienen diese Tatsache überall in der Region bildhaft zu demonstrieren.

»Wir sind die Borg. Widerstand ist zwecklos«, hatte Bella leise aus der Fernsehserie »Star Trek« zitiert, als sie und Antonia zum ersten Mal am Werktor standen. Sie hatten unter den wachsamen Augen der Pressefrau Besucherscheine ausgefüllt.

Antonia hatte erst später auf dem Weg zu den Labors begriffen, was Isabella meinte: Stahlgerüste und Traversen überspannten das Gelände der RayCon AG mit Rohren. Von armdicken, verschiedenfarbigen Leitungsknäuels bis zur Pipeline war alles vertreten. Die Versorgungsstränge durchzogen das Gelände wie Adern den menschlichen Körper. Venen und Arterien eines Chemieriesen. Oft verliefen die Rohre und ihre Stützen in aberwitzigen Umleitungen an Gebäuden

67

vorbei. Oder vollführten einen eckigen Bogen über die Straße, auf der die Zwillinge gerade unterwegs waren und sich heimlich anstießen. Es gab kaum ein Gebäude, aus dem nicht wenigstens einer dieser Science-Fiction-Auswüchse in Rohrform herausführte. Oder hinein?

Nach Einbruch der Dunkelheit, gegen Ende des ersten Besuchs der Zwillinge, hatte das Ganze noch gruseliger ausgesehen: Die Adern und Knotenpunkte wurden nun von unzähligen Neonröhren beleuchtet.

»Das ist Science-Fiction pur!«, hatte Bella geflüstert.

Die Zwillinge hatten in der guten alten Zeit, als Hans noch als Vater Bestandteil der Familie gewesen war, als Erste in ihrer Klasse eine Netflix Abonnement gehabt. Denn Hans war ein Filmfreak. Zusammen mit ihrem Cousin Ben hatten sie die Enterprise unter dem Druck der Borg – »Wir sind die Borg. Widerstand ist zwecklos« – fast aufgeben und scheitern sehen. Isabella hatte recht gehabt. Das Gelände der RayCon AG hätte als Kulisse für einen Film mit den vernetzten, emotions- und seelenlosen Maschinenwesen menschlichen Ursprungs eine gute Kulisse abgegeben.

Antonia wusste nicht, wie lange ihre Gedanken gewandert waren. Sie wälzte sich stöhnend im Bett herum und schnaufte ins Kopfkissen. An Schlaf war einfach nicht zu denken. Ihre Entscheidung, das Projekt ohne Bella fortzuführen, trieb Antonia den Schweiß auf die Stirn und ließ sie heftiger atmen. Eine seltsame Aufregung legte sich auf ihren Brustkorb und schnürte ihr die Kehle zu. Vorher, als Bella noch mit ihrer Begeisterung die Antriebskraft für die Einreichung bei dem Forscherwettbewerb gewesen war, schien alles einfacher. Antonia war eine gute Assistentin. Sie hatte recherchiert, Berichte getippt und Auswertungen katalogisiert. Doch wenn sie ehrlich war, hatte sie all das auf Anweisung ihrer »kleinen« Schwester gemacht. Denn zum ersten Mal im Leben der Zwillinge war Bella in dieser Sache ihrer Schwester um eine Nasenlänge voraus gewesen. Und Antonia war niemals unglücklich über diese neue Verteilung der Rollen gewesen – im Gegenteil! Mit Bella als treibender Kraft hatte sich Antonia in der Position der Nummer zwei, als Co-Pilotin der Schwestern während des gemeinsamen Abenteuers zum ersten Mal beschwingt und befreit gefühlt. Einfach wunderbar!

Doch so inspirierend Antonia die Rollenverteilung vor Bellas Unfall gefunden hatte, so nackt und hilflos fühlte sie sich nun, angesichts der Herausforderung, die für Bella in den letzten Wochen die wichtigste Angelegenheit ihres ganzen Leben gewesen zu sein schien.

Seufzend drehte sich Antonia erneut um die eigene Achse und starrte durch das Dachfenster in den schwarzen Himmel, an dem kein einziger Stern zu sehen war. Obwohl Antonia sich, dank ihrer Arbeit mit Karnivoren, mittlerweile zu einer an Fakten orientierten Wissenschaftlerin entwickelt hatte, schickte sie ein kurzes Gebet in die Schwärze der Nacht: »Lieber Gott. Ich habe keine Ahnung, ob es dich gibt.

Und für mich zählt der Beweis mehr als der Glaube. Ich halte es auch für einen schlechten Deal für beide Seiten, wenn ich jetzt so tun würde, als hätte ich schon immer an dich geglaubt. Diese Lüge würdest du wohl locker durchschauen, oder? Trotzdem möchte ich dich um etwas bitten: Mach, dass Bella diesen Unfall unbeschadet übersteht. Ich gebe dir dafür das Wichtigste, das Kostbarste ... Ich gebe dir einfach alles dafür, wenn du das hinbekommst. Kannst du das für mich tun, bitte? Ich danke dir.«

Über die Betrachtung der Frage, was genau das Wichtigste, Kostbarste etc. sein könnte, das sie zu geben hatte, schlief Antonia endlich ein.

21.

Es knistert laut und irgendwas stürzt krachend in sich zusammen. Antonia schmatzt verschlafen und schlägt die Augen auf. Es ist noch dunkel. Aber nicht mehr so wie vor dem Einschlafen. Gespenstisch beleuchtete Schwaden von irgendwas – *Ist das Rauch?*, denkt sie – ziehen am Dachfenster vorbei in den Himmel. Orangerot von unten beleuchtet. Antonia muss unwillkürlich an das Höllenfeuer denken, ist sich aber keiner Schuld bewusst. Sie reibt sich die Augen, springt aus dem Bett und rennt barfuß aus dem Zimmer. Bereits im Flur hört sie Sirenen und erste Schreie. Unverkennbar die ihrer Mutter. Sie mischen sich mit lauten Befehlen und Anweisungen. Antonia tappt über den kalten Marmorboden ins Wohnzimmer und tritt mit weit offen stehendem Mund an die Panoramascheibe zum hinteren Garten. Gloria muss irgendwo vorn an der Straße stehen. Sie ist nicht zu sehen. Nur ihr Geschrei ist zu hören.

»Oh, nein!« In Antonias Augen sammeln sich Tränen. Und in diesen Tränen spiegelt sich der Schein einer Feuersbrunst wider. Die Flammen haben die Holzkonstruktion des Gewächshauses erfasst und lodern qualmend in den Himmel, denn noch sind die Einsatzkräfte der Feuerwehr nicht im Garten angekommen, wie Antonia die Sirenen auf der anderen Seite des Hauses, zur Straßenseite hin, verkünden.

Bevor sich Antonia auch nur rühren kann, erscheinen zwei mit Helmen und feuerfesten Jacken ausgerüstete Feuerwehrmänner. Sie rollen einen platten Schlauch im Garten aus. Weitere Befehle werden gerufen. Die Schlauchschlange in den Händen der Feuerwehrmänner erwacht zum Leben und windet sich zuckend.

Nein, erkennt Antonia, es sind ein Mann und eine Frau, die mit dem schwer zu bändigenden Schlauch auf die Feuersbrunst zielen. Zäher Schaum quillt aus dem Schlauch, es dauert nicht lange und der Brand ist gelöscht. Im Garten wird es merklich dunkler. Alles ist unter einer dicken weißen Schicht begraben. Ein schimmernder Hügel ist schließlich alles, was vom Gewächshaus der Cardascia-Zwillinge übrig geblieben ist.

Während Antonia am Fenster stand und zusehen musste, wie alles vernichtet wurde, woran die Zwillinge seit Monaten gearbeitet hatten, dachte sie für einen Moment über das Wichtigste und Kostbarste nach, das sie jemandem versprochen hatte. Wer oder was auch immer dieser Jemand war –sie hatte versprochen, etwas zu geben.

Als Gloria sie in die Arme schloss und beruhigend auf Antonia einredete, war sie ganz ruhig.

»Ist schon okay«, sagte sie leise zu ihrer Mutter. Und Gloria verstand, dass es ihrer Tochter damit völlig ernst war. Obwohl sie keine Ahnung hatte, warum Toni den Brand so gelassen aufnahm, nickte Gloria, als ihre Tochter sagte: »Ich gehe wieder ins Bett. Bin total fertig.«

Dann klopfte einer der Feuerwehrleute an die Scheibe und nahm den Helm ab. Gloria öffnete die Terrassentür und stellte fest, dass sie einer ausnehmend hübschen Frau in Uniform gegenüberstand. Hereinkommen wollte die höfliche Feuerwehrfrau nicht, sie wollte das Wohnzimmer nicht verdrecken. Deshalb teilte sie Gloria von draußen durch die geöffnete Tür mit, dass sie die Kollegen der Kriminalpolizei gerufen habe.

»Ganz offensichtlich ein Fall vorsätzlicher Brandstiftung. Die Kripo wird sich um alles Weitere kümmern.«

22.

»Rolf? Bist du hier?«

Monika Herder sah fröstelnd in das viel zu kalte Arbeitszimmer und bemerkte, dass die Tür zum Garten nur angelehnt war.

Ein Geräusch hatte sie geweckt. Was genau, konnte sie nicht sagen, denn in ihren Traum hatten sich verschiedene Männerstimmen und eine Sirene gemischt, bevor sie aufgewacht war.

Monika zuckte zusammen, als sich die Terrassentür plötzlich öffnete und ihr Mann hereinschlich.

»Wo warst du um diese Zeit? Es wird gleich hell!«, sagte sie. Nun war es an ihrem Mann, zusammenzufahren.

»Meine Güte, hast du mich erschreckt!«

»Ja, frag mich mal!«, zischte Monika. »Wieso lässt du mitten in der Nacht die Tür auf und verschwindest einfach?«

»Ich ...«

»Und was waren das für Stimmen?«, unterbrach Monika. Sie sah, dass ihr Mann matschige Spuren auf dem zerkratzten Parkett und dem alten Perserteppich hinterließ.

»Ich habe keine Ahnung, wovon du redest«, log Rolf und folgte dem Blick seiner Frau auf die ver-

dreckten Schuhe. »Ich war nur kurz draußen und …«
Er gestikulierte und brach ab.

»Und?«, frage Monika streng.

»Nichts«, sagte Rolf barsch. »Ich werde mir ja
wohl mal ein bisschen die Füße vertreten dürfen, ohne
dass du gleich wieder …«

Als er seine Frau wortlos abdrehen und im dunklen Flur verschwinden sah, wurde Rolf Herder klar,
dass er dieses Wochenende verdorben hatte. Wenn
er ehrlich war, passte ihm das ganz gut in den Kram,
denn er hatte noch unglaublich viel zu erledigen. Das
Wichtigste hatte er zwar vollbracht. Aber bis zur Präsentation des bahnbrechenden Projekts der Zwillinge
war immer noch unglaublich viel zu regeln. Da konnte
ein Wochenende beleidigten Schweigens der Ehefrau
genau den Zeitvorteil bedeuten, den er unbedingt
brauchte. Außerdem musste er Monika dann nicht
über jeden seiner Schritte informieren. Was ihm ebenfalls ganz recht war. Denn wohl fühlte er sich bei der
Sache mit den Mädchen nicht. Absolut nicht!

Als Herders Blick auf die Couch fiel, erinnerte er
sich, dass dort vor seinem kleinen Ausflug der schnarchende Richard gelegen hatte. Konnte man dem ehemaligen Kommilitonen überhaupt trauen?

Hat Richard vielleicht nur so getan, als sei er betrunken?, überlegte Herder. *Hat er sich an meinen
Unterlagen zu schaffen gemacht, während ich weg
gewesen bin?*

Er ließ seinen Blick über den Schreibtisch schweifen. Veränderungen waren nicht zu erkennen. Durchwühlt schienen weder seine Unterlagen auf dem Tisch
noch die sechs Schubladen. Herder überprüfte jede
einzelne, man konnte nie wissen. Dann rieb er sich

die geröteten Augen und strich sich das wirre Haar aus der Stirn.

»Meine Güte, ich werde paranoid«, murmelte er leise. Da er keine Lust auf weitere Erklärungen oder Auseinandersetzungen mit seiner Frau hatte, ließ sich Herder auf die Couch fallen, rümpfte kurz die Nase über den Geruch, den der ungepflegte Besucher im Kissen hinterlassen hatte und schloss erschöpft die Augen. Dabei rieb er mit dem Daumen immer wieder über die wunde Stelle an seinem Zeigefinger, an der er sich kurz zuvor verbrannt hatte.

23.

Antonia weinte am Krankenbett ihrer Schwester. Sie hatte sich auf »Wesen«, auf ihre spezielle Verbindung konzentriert, doch nichts war passiert. Für Antonia war diese Todesstille ein schlimmes Zeichen.

Bella trug einen Kopfverband, dick wie ein Turban. Wenn es nicht so traurig wäre – Antonia hätte laut gelacht. Eine Hand ihrer Schwester lag ganz still, trocken und schlaff in Antonias. Das Bett sah immer noch wie frisch bezogen aus, da sich Bella seit ihrer Einlieferung kein einziges Mal bewegt hatte. Neben dem Bett piepten und blinkten medizinische Apparaturen. Das Ganze sah aus wie eine schräge Mischung aus Autowerkstatt und Raumstation. Schläuche und Leitungen verliefen aus einigen Geräten und endeten in Bellas Bett. Die meisten verschwanden zum Glück unter der Decke, denn Antonia hätte den Anblick von Nadeln in Bellas Arm nicht ertragen. Nur ein etwas dickerer Luftschlauch mündete oberhalb der Decke in einer Atemmaske, die auf Bellas Nase und Mund befestigt worden war. Ein Blasebalg keuchte rhythmisch vor sich hin.

Antonia stand auf, ging zum Fenster und sah hinaus. Doch nichts, was sich außerhalb dieses Raums ereignete, nahm sie wahr. Ihr Blick, wenn man es überhaupt so nennen konnte, war auf ihr Innerstes gerichtet – auf das, was beide Mädchen »Wesen« nannten. Dabei handelte es sich nicht um ein Lebewesen wie Mensch oder Tier. Sondern um ein Geheimnis, das weder Antonia noch Isabella jemals in ihrem Leben irgendjemanden erzählen würden. Weder Mutter noch Vater, nicht einmal beste Freundinnen oder Freunde kannten »Wesen«. Nur die beiden Schwestern.

Es gab seit hunderten von Jahren Vermutungen und Vermessungen zu diesem paranormalen Geheimnis. Besonders in der Zwillingsforschung hoffte man auf Klärung des mysteriösen Phänomens. Aber kein Forscher der Welt war auch nur ansatzweise auf die Spur dessen gekommen, was Antonia gerade versuchte.

Religionen und Mythologien bauten auf diesem Geheimnis auf und sponnen Legenden göttlicher Eingebung. In Varietés und im Zirkus wurden Magier und Hellseher bestaunt, die diese Fähigkeit mit billigen Tricks vorzutäuschen.

Niemand konnte bis zum heutigen Tag den Beweis erbringen, dass »Wesen«, wie die Cardascia-Zwillinge es insgeheim nannten, funktionierte. Oder ob so etwas überhaupt existierte.

Wie ihre Verbindung zustande kam, die im Volksmund »Telepathie« genannt wurde, wussten weder Isabella noch Antonia. Es war verrückt und genau so fühlte es sich auch an. In Wirklichkeit war es eher ein unsichtbarer, temperierter Strom, ein farbiger, klingender Fluss, eine Hirnverbindung wechselnder Konsistenz. Geschwisterfunk. Der heiße Draht. Hotline zum Spiegelbild – die Mädchen hatten sich diese Sache noch nie gegenseitig beschreiben müssen oder darüber geredet. »Wesen« – und selbst dieses Wort hatten die beiden in diesem Zusammenhang noch nie laut ausgesprochen – war einfach da. Eine Tatsache. Eine Verbindung. Die mit der Nabelschnur bei der Geburt nicht durchtrennt worden war.

24.

An einem heißen Tag im August war erst Antonias, dann Isabellas Verbindung zum Körper der Mutter gekappt worden. Hans hatte das getan. Zuerst wollte er absolut nicht, auf keinen Fall! Lieber hätte er mit einem Eisenspaten ein Starkstromkabel durchtrennt, als dieses gewundene halb durchsichtige, dieses LEBENDE Etwas mit einer sterilisierten Schere zu durchtrennen. Es liefen sichtbare ADERN durch DIESES Kabel!, erkannte Hans entsetzt, als ihm die Hebamme eine sterilisierte Schere reichte. Diese Verbindung hatte seine Babys im Bauch der Mutter ernährt und mit Sauerstoff versorgt! Nein, niemals würde er –

»Tu's endlich, codardo! Ich habe heute noch was vor!«, hatte Gloria ihren Feigling von Mann in der kurzen Pause zwischen zwei Brandungswellen von Wehenschüben angefaucht. Verschwitzt, entkräftet und heiser von der Schreierei hatte sie Hans im Kreißsaal dermaßen zusammengefaltet, dass er schließlich die Schere genommen und das erste Band zwischen Mutter und Tochter getrennt hatte. Dann, später, auch noch das zweite.

Die Nabelschnur war zwar durchschnitten worden, doch »Wesen« war geblieben. Als sich die Lungen der Zwillinge statt mit Fruchtwasser mit Sauerstoff füllten und sie ihren ersten Schrei taten. Auch als Hans, vor Glück Rotz und Wasser heulend, die beiden verklebten, verknautschten und irgendwie verschlafen wirkenden Winzlinge in Glorias Arme übergab. Selbst als er und seine Frau wenig später am Waschbecken des Kreißsaals dabei zusahen, wie die fuchtelnden und schreienden Mädchen gebadet wurden.

»Wesen« war die ganze Zeit aktiv. Die Verbindung hatte mit Trennung der Nabelschnüre eingesetzt und war nie wieder ganz abgerissen. Doch die Zwillinge funkten nicht permanent, denn »Wesen« – diesen Namen hatten die Mädchen dem Phänomen später fast zeitgleich gegeben, ohne groß darüber nachzudenken – funktionierte nur, wenn Antonia und Isabella räumlich nicht zu weit voneinander getrennt waren.

Hans hatte den Mädchen bei der Einrichtung ihres ersten Laptops vor einigen Jahren unbeabsichtigt einen Schreck eingejagt, als er ihnen die drahtlose Verbindung zur Datenübertragung namens »Bluetooth« und deren Reichweite erklären wollte. »Blauzahn« nannte Hans das. Er fand es witzig und hatte es nicht so mit dem englischen T-Äitsch: »Blauzahn funktioniert bis zur Distanz von etwa einhundert Metern. Durch Wände getrennt, sinkt die Reichweite drastisch. Wenn der Kontakt abreißt, baut sich die Verbindung aber von selbst wieder auf, sobald ihr wieder in Reichweite kommt.«

Statt den Datenaustausch der Zwillinge zu vereinfachen, hatte Hans seine Mädchen in Angst versetzt. Wenigstens für einen Moment. Besonders Antonia war der Schock in die Glieder gefahren.

* papa weiß bescheid *
° blödsinn er hat keine ahnung °
* aber hat gerade gesagt dass *

° toni sieh ihn dir doch an er redet über irgend so einen computerquatsch nichts weiß der °

* du bist dir aber nicht sicher das spüre ich *

° bin ich wohl °

* wieso ist es dann so dunkel nicht mehr grün sondern fast schwarz *

»Hört ihr mir überhaupt zu?«, wollte Hans etwas beleidigt wissen, das Laptop auf dem Schoß.

»Klaaar, Papa«, kam es zweistimmig zurück.

Bella hatte recht behalten. Hans wusste nichts. Niemand hatte die leiseste Ahnung von der Verbindung der Schwestern. Zuerst hatte ihnen das Phänomen selbst Angst gemacht. So lange, bis sie begriffen, welche Möglichkeiten mit »Wesen« verbunden waren.

Trotzdem. Eine Frage blieb:

° sind wir die einzigen was meinst du °

* keine ahnung echt nicht *

Bei jedem Treffen mit anderen Geschwistern hatten die Cardascia-Mädchen darauf geachtet. Fehlanzeige. Bei den wenigen anderen Zwillingspaaren, die Antonia und Isabella getroffen hatten, hatten sie besonders nach verräterischen Anzeichen einer geheimen Verbindung gesucht. Und keine gefunden. Auch wissende Blicke, ein verschwörerisches Grinsen oder Nicken der Mädels hatte ihnen nur verständnislose Blicke eingebracht. So, als wären sie Freaks und nicht ganz bei Trost.

»Dabei wissen die überhaupt nicht, WAS für Freaks wir WIRKLICH sind!«, hatte Bella einmal, nach einer Klassenfahrt, gelacht. Sie hatte nicht wirklich fröhlich geklungen. Es war für die Geschwister nicht immer leicht, mit »Wesen« zu leben. Denn anders als bei der Computerverbindung namens Bluetooth ging »Wesen« niemals der Strom aus. Wurde das Laptop abgeschaltet, hatte Blauzahn Pause. Kein Strom? Feierabend! Doch »Wesen« war immer aktiv, so lange die Mädchen in Reichweite waren. Sogar wenn sie schlafen gingen, funkte »Wesen« weiter. Wobei »funken« eine viel zu dürftige Beschreibung des bunten, duftenden und glänzenden Stroms aus Sinneseindrücken war, der sich unsichtbar zwischen Isabella und Antonia abspielte.

Selbst im Schlaf wurden alle Sinneseindrücke zwischen den beiden verarbeitet, sozusagen in Stereo. Und genau das verschaffte den Mädels einen enormen Vorsprung gegenüber Normalsterblichen. Weshalb ihre Lehrer, besonders Herder, diese Mädchen, die niemals aufzupassen oder wirklich zu lernen schienen, sogar für hochbegabt hielten. Aber natürlich hatten sie alle keine Ahnung!

25.

Nichts.
Antonia sah aus dem Fenster und versuchte es erneut.
* * * * * *
Keine Antwort.
Antonia drehte sich um und fixierte Isabel.
* * * * * * * * * *
Rauschen und Piepen. Leider nur von den Geräten im Raum.
»Wesen« war fort. Keine Farben, kein Ton, kein Geruch, kein Geschmack, absolut nichts.
Eine dunkle Schwere legte sich auf Antonia. Sie schaffte es mit letzter Kraft zum Stuhl, ließ sich darauf fallen und legte ihren Kopf in Bellas offene Handfläche auf dem Bettlaken. Die Verbindung war abgerissen. Antonia fühlte sich einsam und verlassen. Sie begann zu schluchzen. Dicke Tränen rannen zwischen Bellas Fingern hindurch und versickerten im Laken. Endlich, nach einer Weile, begann Antonia etwas zu tun, von dem es ihr vorkam, als hätte sie es noch nie, auf jeden Fall viel zu lange nicht getan: Antonia begann leise mit ihrer Schwester zu reden. Während sie erzählte, was nach dem Unfall alles passiert war und während sie von dem Feuer im Gewächshaus erzählte, wurde Antonia klar, dass sie nicht aufgeben durfte.

Obwohl es unmöglich schien, die Teilnahme an ›Jugend forscht‹ weiterzuverfolgen. Antonia starrte in das regungslose Gesicht ihrer Schwester. Fast konnte sie jedes einzelne Gegenargument hören, obwohl die Verbindung abgerissen war. Alle Kannenpflanzen, die die Zwillinge auf ihrem Präsentationsstand hatten zeigen wollen, waren ein Raub der Flammen geworden. Und was der Brand nicht dahingerafft hatte, war durch den Löschschaum der Feuerwehr zerstört worden.

»Wir können uns bei diesem Züchter, diesem Niederberg ein paar Pflanzen leihen«, hätte Bella geantwortet.

Aber die Ergebnisse ihrer Untersuchungen waren auch noch nicht alle ausgewertet. Und allein, da war sich Antonia völlig sicher, würde sie es bis zur Präsentation niemals schaffen.

»Herder wird dir helfen. Er hat doch angeboten, ein Computerprogramm zur Auswertung der Versuchsreihen zu schreiben«, wäre Bellas Antwort gewesen.

Auch damit hätte sie natürlich vollkommen recht gehabt.

Herder hatte den Mädchen bereits mehrfach angeboten, sie zu unterstützen. Antonia wusste, wie wichtig und hilfreich die Unterstützung des Lehrers war. Ohne seine Initiative wären die Mädchen nie auf die Idee gekommen, am Wettbewerb teilzunehmen. Doch Antonia hatte kein gutes Gefühl bei dem Gedanken, Herder um Hilfe zu bitten. In letzter Zeit war ihr der Lehrer, den sie wirklich mochte, mit seinen dauernden Fragen und Vorschlägen zu ihrem Projekt fast schon aufdringlich erschienen.

»Also gut«, sagte Antonia und wischte sich wütend

die Tränen aus dem Gesicht. »Ich mache es. Du hast es wieder mal geschafft!«

Dabei hatte ihre Schwester kein einziges Wort gesagt.

26.

»Kommen Sie rein«, sagte Gloria, als sie einer uniformierten und einer Polizeibeamtin in Zivil die Tür geöffnet hatte. Sie schob die Polizistinnen ins Wohnzimmer und bot Espresso und Wasser an.

Als die drei Frauen am Wohnzimmertisch saßen und sich der Duft frisch gemahlener Kaffeebohnen aus der offenen Wohnküche im ganzen Haus verteilt hatte, bemerkte Gloria einen durchsichtigen Beweismittelbeutel auf dem Tisch. Darin schimmerte etwas Silbernes.

»Was ist das?«, wollte Gloria wissen.

Stefanie Schäfer öffnete den Beutel und Gloria erkannte ein silbernes Feuerzeug in das die Initialen »RN« eingraviert waren.

»Kennen Sie das?«, fragte Hanna Broder.

Gloria schüttelte den Kopf. »Noch nie gesehen.«

»Also gehört es nicht zufällig Ihrem Mann?«

»Ex-Mann«, korrigierte Gloria. »Nein, R und N würde auch gar nicht passen, er heißt Hans Bertram.«

»Das weiß die Kommissarin«, ertönte eine männliche Stimme hinter den Beamtinnen, die zusammenzuckten und sich umdrehten. »Frau Broder hat mich lange genug vernommen, um sich meinen Namen zu merken.« Hans war aus dem Badezimmer gekommen.

Er trug ein weißes Feinrippunterhemd und hatte nasse, streng nach hinten gekämmte Haare.

Gloria sah die Beamtinnen irritiert an, die Hans knapp grüßten. Er ging zum Tisch, fragte »Darf ich?« und nahm das Feuerzeug in Augenschein, ohne auf Hanna Broders Einverständnis zu warten.

»Wo haben Sie das her?«, wollte Gloria wissen.

»Aus Ihrem Garten«, sagte Hanna Broder und ließ Glorias Ex-Mann keinen Moment aus den Augen. Der legte das Feuerzeug zurück auf den Tisch.

»Die Feuerwehr hat es uns übergeben. Wir müssen leider von Brandstiftung ausgehen, was Ihr Gewächshaus betrifft.«

»Das hat die Feuerwehrfrau schon gesagt. Das Gewächshaus gehörte meinen, also *unseren* Töchtern«, sagte Gloria tonlos. Dabei sah sie zu Hans auf.

»Und Sie glauben allen Ernstes, ich hätte meine Tochter Isabella angefahren und das Gewächshaus der Mädchen angezündet?«, fragte Hans mit einer Stimme, die Glas hätte schneiden können.

»Wir müssen jede Möglichkeit in Betracht ziehen«, antwortete Stefanie Schäfer. Es klang wie eine Entschuldigung. Nicht so der Zusatz von Hanna Broder: »Sie würden sich wundern, wie viele Verbrechen innerhalb der Familie begangen werden, Herr Bertram.«

»Das ist doch lächerlich!«, brauste Gloria auf. »Mein Mann ... mein Ex-Mann lebt in Hamburg. Er ist wegen des Unfalls meiner ... *unserer* Tochter Isabella angereist! Wie können Sie ...«

»Gloria ...«, Hans legte seine Hände auf ihre Schultern, »ich muss dir etwas sagen.« Hans klang so ernst, dass Gloria augenblicklich eine Gänsehaut über den

Rücken lief. Nichts hielt sie mehr auf dem Stuhl. Sie befreite sich von seinen Händen und sprang auf. Die Beamtinnen standen ebenfalls auf, beide hoch konzentriert. Sie befürchteten, die Situation könne jeden Moment eskalieren. Auch, wenn sie nicht die leiseste Ahnung hatten, was der Mann seiner ehemaligen Frau zu beichten hatte.

»Bellas Unfall …« Er zögerte, die Spannung der Hauptkommissarin stieg. Er konnte es nicht gewesen sein, sein Alibi war unbestreitbar, also was hatte er zu sagen?

»Es war kein Unfall. Isabella ist absichtlich angefahren worden«, sagte Hans und atmete hörbar aus. Er wirkte erleichtert, auch wenn das nicht besonders angebracht war.

»Was?« Gloria sah die Beamtinnen fassungslos an. »Aber … wieso?«

Verdammt noch mal, sie wusste bis jetzt überhaupt nichts davon! Er hat es ihr verschwiegen!, begriff Hanna Broder in diesem Moment. Sie funkelte Hans Bertram an, dessen Hände sich um eine Stuhllehne krampften. »Ich wollte dich nicht beunruhigen, deshalb habe ich nichts gesagt …«

»Die Spurenlage am Unfallort deutet auf Vorsatz hin«, übernahm Hanna das Gespräch. »Jemand hat auf die Mädchen gewartet, Ihre Tochter gezielt angefahren und dann Fahrerflucht begangen.«

Gloria sackte auf den Stuhl zurück. Hans sah die Kommissarin dankbar an, doch Hanna verzog ihm gegenüber keine Miene. Sie setzte sich neben Gloria und nahm ihre Hand.

»Fahrerflucht und Brandstiftung«, murmelte Gloria abwesend. Sie konnte es nicht fassen.

»Haben Sie eine Idee, wer mit diesen Anschlägen zu tun haben könnte? Haben Ihre Töchter Feinde?«

»Die sie umbringen wollen?«, brauste Gloria auf. »Meine Mädchen haben keine Feinde!«

»Ich glaube nicht, dass Ihre Tochter getötet werden sollte. Es sieht eher so aus, als wollte sie jemand außer Gefecht setzen.«

»Was soll das heißen?«, fragte Gloria. Sie beherrschte sich mühsam, sah Hans an, der nachdenklich auf seiner Lippe herumkaute, bevor er antwortete.

»Ich glaube, ich weiß, was sie meint.«

»Könnte ich bitte sofort erfahren, was ihr alle bereits zu wissen scheint?« Nun war Gloria kurz davor, aus der Haut zu fahren.

»In dem Gewächshaus sind all diese fleischfressenden Pflanzen zerstört worden, mit denen die Mädchen bei ›Jugend forscht‹ teilnehmen wollten, richtig?«, fragte Hans.

»Ja«, antwortete Gloria. »Aber Toni will die Präsentation trotzdem durchziehen. Sie wollte erst nicht ohne Bella, doch dann hat sie sie hat das ganze Wochenende am Computer verbracht, um die Ergebnisse aufzubereiten.«

Hanna Broder nahm das Feuerzeug in die Hand und betrachtete es. »Ich befürchte, dass irgendjemand genau das zu verhindern versucht.«

»Verhindern? Was denn?« Gloria verstand kein Wort.

Hans nickte, er hatte begriffen, was die Kommissarin meinte. »Könnte es sein, dass die Mädchen auf irgendeine große Sache gestoßen sind?«, fragte er.

Gloria zuckte mit den Schultern. »Ich begreife nicht wirklich, was die zwei da machen. Es hat mit Medizin und diesen fleischfressenden Pflanzen zu tun, aber frag mich bitte nicht …!«

»Wo ist Antonia jetzt?«, unterbrach Stefanie Schäfer.

»Nach der Schule ist sie mit dem Bus zur RayCon AG gefahren.«

»Zu dem Pharmakonzern? Was will sie da?«, fragte Hanna Broder.

»Die unterstützen die Mädchen … also Antonia bei dieser ›Jugend forscht‹-Geschichte«, antwortete Gloria.

»Bei RayCon finden die Präsentationen für den Landeswettbewerb von ›Jugend forscht‹ statt, oder?«, fragte Hanna Broder.

Gloria nickte.

Hanna erntete einen verblüfften Blick von ihrer uniformierten Kollegin.

»Mein Sohn interessiert sich sehr für Computertechnik. Er hat in Niedersachsen auch mal an einem Wettbewerb teilgenommen«, fügte sie erklärend hinzu.

»Das ist nicht gut!«, sagte Hans.

Hanna sah ihn verständnislos an. »Was? Dass mein Sohn sich für Computer …«

»Nein«, unterbrach Hans kopfschüttelnd, »dass unser Mädchen allein durch die Weltgeschichte gondelt, während da draußen ein Verrückter frei herumläuft!«

91

27.

»Sie finden die Abteilung drei der Pflanzenforschung im Bereich F. Das muss ungefähr hier, nee ... Moment, das haben wir gleich ... Da, das ist es!«

Der uniformierte Pförtner malte mit einem Kugelschreiber wild auf einem gelben Zettel mit dem Plan des Konzerngeländes herum. Antonia stand in dem winzigen Kabuff neben der Schranke des Hauptportals der RayCon AG und versuchte, durch den Mund zu atmen, denn der Mann war zwar freundlich, aber er roch furchtbar nach Schweiß und Zigaretten.

»Sie gehen geradeaus, an der dritten Ecke links und dann an der zwoten ... Ach, nein, warten Sie ...«

Antonia hatte Schwierigkeiten, sich zu konzentrieren. Das ganze Wochenende über hatte sie sich bis tief in die Nacht in den Teil der Arbeit vertieft, der zuvor hauptsächlich Bellas Aufgabe gewesen war: Computerauswertungen, Diagramme und Analysen der Zusammensetzung verschiedener Verdauungsflüssigkeiten der Kannenpflanze Nepenthes. Schließlich war Antonia eher die Gärtnerin des Teams und hatte von Biochemie nur Grundkenntnisse. Doch für das Gespräch mit dem Chemiker von RayCon hatte sich Antonia in Rekordzeit das gesamte Basiswissen angeeignet, um die von Bella in einem Fragenkatalog formulierten Problemstellungen überhaupt vortragen zu können. Und, viel wichtiger, um die Antworten, die Antonia vom RayCon-Mitarbeiter zu erhalten hoffte, überhaupt zu verstehen.

Ein bisschen fühlte Antonia sich wie auf dem Weg zu einer Prüfung: Ein mittelschwerer Stein der Aufregung rollte durch ihren Bauch, ab und zu leichter Schwindel wegen des Schlafmangels. Außerdem machte sich ein seltsam leeres Gefühl in ihr breit, fast wie ein Loch an genau der Stelle im Gehirn, wo sich eigentlich die gepaukten Fakten abrufbereit befinden sollten.

28.

»Tut mir leid, das kann ich nicht machen!«

»Aber wieso denn nicht?« Antonia wusste, bevor sie die Frage gestellt hatte, dass es zwecklos war. Der Kitteltyp schüttelte immer noch den Kopf. Antonia musste auf das Namensschild gucken, weil sie sich den Namen Quiatkowski einfach nicht merken konnte, denn Bella hatte ihn immer »Quatschkopfski« genannt.

Als sie mit ihrer Schwester zum ersten Mal bei ihm gewesen war, hatte der dünne Mann mit dem schütteren Haar Bella und ihr jede Unterstützung zugesagt, die sie brauchen würden. Feuer und Flamme war er für das Projekt der Mädchen gewesen. Und nun? Stand er mit verschränkten Kittelarmen im Labor vor seinen Gerätschaften, als müsse er sie schützen, und schüttelte den Kopf!

Ist ja gut, du Pfeife. Ich hab's begriffen, dachte Antonia und ließ den Kopf hängen. Ihr war völlig schleierhaft, warum sich der Mann auf einmal so stur stellte. Obwohl sie nur ein paar Laborutensilien geliehen haben wollte, die sie so schnell nirgendwo anders zu besorgen wusste.

»Da kann ja jeder kommen!«, sagte Quiatkowski. Er schien aufgebracht, obwohl es Antonia ein Rätsel war, was sie ihm angetan haben könnte.

»Weißt du überhaupt, wie viele Gruppen am Landeswettbewerb teilnehmen? Wenn sich jeder bei uns Material leihen würde, könnte ich meinen Laden dichtmachen!« Quiatkowski betonte »leihen« so gedehnt, als spräche er von Diebstahl. Außerdem spuckte er beim Reden, was Antonia zum sofortigen Rückzug Richtung Ausgang veranlasste.

»Dann eben nicht«, murmelte sie, bevor die Tür hinter ihr ins Schloss fiel.

Antonia stieg die Marmorstufen des Treppenhauses hinunter und sah das Geländer durch einen feinen Tränenschleier. Das »Hässliche-Entlein«-Syndrom hatte sie wieder eingeholt. Obwohl die Zwillinge äußerlich absolut gleich aussahen, hatte Antonia immer das Gefühl, die Menschen reagierten auf Bella freundlich und aufgeschlossen und auf sie zurückhaltend und negativ. Bella hatte das weit von sich gewiesen. Sie konnte mit unendlich vielen Beispielen aufwarten, in denen sie selbst angeeckt oder abgeblitzt war. Doch Antonia wusste, dass von ihrer Schwester etwas Fröhliches, irgendwie Strahlendes ausging, das ihr selbst zu fehlen schien. Wie sonst war der Sinneswandel von diesem Quatschkopfski zu erklären?

Also, Bella, das war's. Ich habe wirklich versucht, das Projekt noch zu retten, aber ohne Pflanzen, ohne Material … es ist vorbei. Tut mir leid, Schwester!

Antonia trottete wie in Trance mit gesenktem Kopf über das Gelände der RayCon AG, achtete nicht auf die Richtung und kam in einer Sackgasse vor einer ganzen Reihe Müllcontainer zum Stehen. Sie sah auf, wurde aus ihren trüben Gedanken gerissen und bekam eine Gänsehaut. Rollbare Müllcontainer mit verschiedenfarbigen Deckeln, die ihre Inhaltsstoffe kennzeichneten, bildeten eine unüberwindbare Barriere. Hinzu kamen aufgeklebte Schilder, die vor ätzenden und reizenden Flüssigkeiten warnten. Oder sie gemahnten an die Pflicht, Schutzbrillen zu tragen. Doch das war es nicht, was Antonia einen entsetzten Schauer über den Rücken trieb. Es war die Erinnerung!

In genau so einem Müllcontainer hatte man damals die Leiche eines Jungen entdeckt! Und zwar direkt neben dem Haupteingang ihrer Schule. Obwohl das Ganze fast zwei Jahre her war und die Container seit dem Mord nicht mehr neben dem Haupteingang standen, rief die Erinnerung an den grausamen Anblick des halb gefrorenen toten Jungen mit den glasigen, leeren Augen bei Antonia einen Schock hervor. Damals war ihr Cousin Ben des Mordes verdächtigt worden. Zuerst hatten sogar die Zwillinge geglaubt, er hätte etwas damit zu tun, denn der Tote war Mitglied einer Gang, die Ben regelmäßig drangsaliert und abgezogen hatte.

Keuchend trat Antonia den Rückzug an. Ihr wurde bewusst, dass sie sich verlaufen hatte.

Kein Problem. Ich habe reingefunden. Also finde ich auch wieder raus, beruhigte sie sich.

Doch es war wie in einem schlechten Traum. Sie sah sich um. Der Wendehammer, in dem sie stand, war eingerahmt von Hallen aus rotem Backstein. Fußwege und kleine Gassen gingen rechts und links vom Weg ab, eine davon musste sie nehmen. Aber welche? Sie sah erst auf ihre Uhr, dann auf den Plan. Herrgott, war das ein Labyrinth! Ein absoluter Albtraum! Der verdammte Pförtner hatte dermaßen in dem Plan herumgekrickelt, dass Antonia unmöglich erkennen konnte, in welche Richtung sie abbiegen musste, um aus diesem

Irrgarten wieder herauszufinden. Am liebsten wäre sie in Tränen ausgebrochen und hätte einfach aufgegeben. Aber das kam nicht infrage. Bella! Sie hatte es ihrer Schwester doch versprochen! Antonia rannte los, um der Eintönigkeit des roten Backsteins zu entkommen, um irgendeinen Punkt, ein markantes Gebäude zu finden, von dem aus sie sich neu orientieren konnte. Oder einen Menschen, den sie fragen konnte, wo es langging. Doch weit und breit war bisher keine Menschenseele zu sehen gewesen. Auch jetzt nicht.

Obwohl in dieser verdammten Firma Tausende, ach was, Zehntausende von Menschen arbeiten müssen, dachte Antonia verzweifelt. Sie schniefte, blieb an einer Abzweigung stehen und sah hinein. In schier unerreichbar scheinender Entfernung hörte die Gasse aus rotem Backstein auf und ein weißer Kleinwagen raste am hinteren Ende durch die Querstraße vorbei. Antonia wollte winken und auf sich aufmerksam machen, doch der Wagen war so schnell vorübergewischt, dass sie kaum Zeit zu reagieren hatte. Etwas fiel ihr an dem kleinen Wagen auf, doch sie konnte den Gedanken kaum greifen, geschweige denn festhalten. Sie rannte durch die Gasse auf die Querstraße zu, als sie ein beunruhigendes Reifenquietschen hörte. Die Sorte Quietschen, bei dem meistens eine Sekunde später ein durch Mark und Bein gehendes Geräusch auf einen schweren Blechschaden schließen ließ. Doch stattdessen ertönte das gequälte Aufheulen eines Getriebes, dem im Rückwärtsgang absolute Höchstleistung abverlangt wurde.

Das klingt nicht weniger beunruhigend als ein Unfall mit Blechschaden, fand Antonia. Und während der Wagen rückwärts wieder in den Ausschnitt der

Straßenmündung am Ende der Gasse schoss, fiel ihr im Zusammenhang mit dem Gedanken an einen Unfall endlich auf, was an diesem Fahrzeug ungewöhnlich war. Der Wagen hatte ein rotierendes, orangefarbenes Blinklicht auf dem Dach.

Der Kleinwagen verschwand fast wieder aus Antonias Blickfeld. Doch dieses Mal reagierte der Fahrer früher. Bremsen quietschen erneut, der Wagen kam ruckartig zum Stehen. Dann bog er in die Gasse ein, in deren Mitte Antonia stand, und raste mit aufheulendem Motor und rotierendem Licht auf dem Dach auf das entsetzte Mädchen zu.

Der Transporter, der Bella angefahren hat, hatte genau so ein orangefarbenes Ding auf dem Dach. Nur dass das Warnlicht nicht eingeschaltet war!, dachte Antonia. Sie erstarrte für eine Schrecksekunde, die ihr wie eine Ewigkeit vorkam. Dann ließ sie ihre Tasche auf die Straße fallen und rannte los, vor dem heranrasenden Wagen davon.

29.

»Nur die Mailbox!«, sagte Gloria verzweifelt. Sie, die Polizistinnen und Hans hatten bereits die Jacken angezogen, um das Haus der Cardascias zu verlassen.

»Worauf warten wir noch!?«, rief Hans ungeduldig. »Auf zu dieser Chemiefirma!«

»Wir fahren Sie hin«, bot Stefanie Schäfer an.

30.

Antonias Frust ist umgeschlagen. In nackte Todesangst vor einem Killerfahrzeug mit rotierendem Warnlicht.

Einer davon hat meine Schwester erwischt. Und dieses Modell wird mir vielleicht etwas Schlimmeres antun.

Traurige Gewissheit überlagert alle anderen Gefühle, während Antonia rennt: Sie wird es NIEMALS durch die Gasse schaffen, der Wagen wird sie überfahren. Sie braucht sich nicht umzusehen, das herannahende Heulen des Motors macht sehr deutlich, dass die Kollision in den nächsten Sekunden stattfinden wird. Antonias Lungenflügel brennen. Alles in ihr schreit danach, sich auf den Boden zu werfen und aufzugeben. Es einfach geschehen zu lassen. Der Wagen ist dermaßen schnell, er wird sie zermalmen. Sie hat keine Chance, sie wird –

31.

Mit einem fast kreischenden Laut sog Isabella Maria Cardascia die Luft ein, als würde sie jeden Moment ersticken. Dann setzte sie sich mit geschlossenen Augen auf – wie ein Geist!

Der Schwesternschülerin, die auf einem Stuhl am Fußende des Krankenbetts eine kleine, nicht genehmigte Pause eingelegt hatte, fiel die »Gala« aus der Hand.

Die Pause der panischen Schwesternschülerin war definitiv vorbei. So ziemlich alle Geräte im Krankenzimmer spielten verrückt. Doch da die Auszubildende keine Ahnung hatte, was zu tun war, wanderte ihr Blick einfach nur zwischen den hysterisch blinkenden und piependen Geräten und der Patientin hin und her.

Deren aufgerichteter Oberkörper schwankte kaum wahrnehmbar vor und zurück. Sie atmete immer wieder tief und pfeifend ein, was nicht zuletzt an dem Schlauch lag, der in ihrem Mund verschwand. Trotz des schrillen akustischen Alarms von mindestens zwei der Geräte neben ihrem Bett war das keuchende »Nein!« bei jedem Ausatmen deutlich zu hören. Es jagte dem etwa gleichaltrigen Mädchen im weißen Kittel einen entsetzten Schauer über den Rücken.

Wie im Horrorfilm!, dachte sie. *Gleich wird sie wie ein Zombie aufstehen und auf mich losgehen! Unsinn, dass kann sie nicht. Sie hat ein Schädel-Hirntrauma. Sie kann nicht einfach …*

In diesem Moment geschah etwas, das entscheidend zum Berufswechsel des Mädchens im Kittel beitragen sollte.

Die Patientin schlug die Augen auf. Allein das hätte gereicht, der Schwesternschülerin eine Scheißangst einzujagen. Denn es war medizinisch unmöglich, dass ein Patient ohne fremdes Zutun aus einer medikamentösen Vollnarkose aufwacht, wenn diese sorgfältig dosiert ist. Und diese Narkose WAR sorgfältig dosiert, darauf hatte der Arzt das gesamte Personal gedrillt.

Was das Mädchen jedoch dazu brachte, das Zimmer der Komapatientin schreiend zu verlassen, waren nicht die aufgerissenen Augen in dem geisterhaft weißem Gesicht. Es war ihre Stimme. Genauer gesagt war es ihre Nichtstimme, denn Isabellas Lippen blieben absolut bewegungslos. Die Schwesternschülerin hörte dennoch laut und deutlich:

° nicht stehen bleiben lauf weg lauf weg lauf weg du darfst nicht stehen bleiben lauf doch lauf weeeeg °

32.

»Was ist?«, wollte Hans wissen. Er hielt Gloria die Tür des Polizeiwagens auf, der in der Einfahrt vor dem Haus geparkt war. Doch die verharrte mit einem konzentrierten Blick, anstatt endlich einzusteigen.

»Was hast du?«

»Hörst du das nicht?«, sagte Gloria und drehte den Kopf ein wenig. So, als könnte die geänderte Richtung ihr Gehör verbessern.

Wie ein Hund, der im Wind schnüffelt, dachte Hans. Er wurde erst ungeduldig, dann aggressiv. »Glory, steig endlich ein, wir haben jetzt wirklich keine Zeit für diesen Scheiß!«

»Ma sei sordo? Das ist kein Scheiß! Bist du taub?«, fauchte Gloria, fummelte ihren Schlüssel aus der Tasche und verschwand wieder im Haus.

»Was macht sie?«, rief Hanna Broder durch die offene Scheibe des Beifahrerfensters.

»Woher soll ich das wissen?«, antwortete Hans aufgebracht. »Diese Frau war mir schon ein Rätsel, als wir noch verheiratet waren, verdammt noch mal!«

Stefanie Schäfer öffnete die Fahrertür des Polizeikombis, stieg aus und sagte beruhigend: »Ich sehe nach ihr.«

Hanna fand nicht zum ersten Mal, dass ihre Kollegin eine ausgezeichnete Polizeibeamtin war. Stefanie wusste immer im richtigen Moment das Beste zu tun.

Hanna blickte ihr nach, doch bevor die Uniformierte die Haustür erreicht hatte, stürmte Gloria bereits wieder mit wehenden Haaren in die Einfahrt. »Das war das Krankenhaus! Isabella ist aufgewacht!«, rief sie, gleichzeitig freudig und ängstlich. Aufgeregt, wie nur eine Mutter in dieser Situation sein konnte.

Hans sah seine Ex-Frau an. In seinem Blick stand Verunsicherung, was jetzt zu tun sei.

So war es an Hanna Broder, das Kommando zu übernehmen und die richtigen Entscheidungen zu treffen. »Frau Cardascia, Sie fahren mit meiner Kollegin ins Krankenhaus«, ordnete die Hauptkommissarin kurzerhand an.

»Aber Antonia ...«

»Ihr Mann und ich kümmern uns um Antonia«, sagte Hanna bestimmt, dann wandte sie sich Hans zu: »Wo steht Ihr Wagen?«

33.

° links ° schmeckte Antonia auf der Zunge. Das konnte doch nicht sein! Ihr Atem ging keuchend, sie hörte keine Stimme, aber der Geschmack war eindeutig »Wesen«: ° links °

Antonia wusste, dass es keinen Zweck haben konnte, doch sie antwortete: * links sind nur mauern *

Das Motorgeheul hinter ihr schwoll an, wurde unerträglich laut. Zusätzlich, als wollte er ihr noch Angst einjagen, bevor er sie überfuhr, hupte der Fahrer des Wagens wie ein Verrückter.

* links ist nichts wo ich durchkommen kann *

° links links links ° war die Antwort und begann anzuschwellen, metallisch zu schmecken, fast konnte Antonia die Anweisung *sehen*. Und plötzlich war links tatsächlich etwas. Eine Klappe. Grün gestrichenes Metall, eine kleine Tür. Doch Antonia zögerte, als sie das Schloss sah.

* solche dinger sind immer abgeschlossen wenn ich anhalte und das ding ist verschlossen überfährt mich der wagen willst du das *

° linkslinkslinkslinks ° Nun war es nicht mehr zu überhören. Der Geschmack, den »Wesen« auf Antonias Zunge hinterließ, war eklig. *Chemisch* fand Antonia die Anweisung, folgte ihr trotzdem, riss am grün lackierten Hebel – und öffnete die Klappentür.

Augenblicklich war der chemische Geschmack verschwunden. Ein schwebendes Gefühl von ° grün ist immer gut ° überflutete Antonia, während sie sich durch die Klappe zwängte. Dann war das Quietschen von Reifen zu hören. Zwei Türen öffneten sich und wurden zugeschlagen.

* sie sind zu zweit aber zu groß für die klappe ich habe nur knapp durchgepasst * Antonia hatte Tränen in den Augen, als sie durch eine Öffnung kroch und plötzlich in einer riesigen Halle mit merkwürdigen, ihr unbekannten Geräten stand.

Wie kann das gehen? Wie kann Bella mit mir kommunizieren? Sie liegt doch im Koma, dachte Antonia. *Und über eine dermaßen große Entfernung haben wir noch nie …*

Dann hörte Antonia wie ein großes Tor auf der anderen Seite der Halle aufgeschoben wurde. Die gerufenen Befehle und Anweisungen der Stimmen klangen weniger freundlich und bekannt als das, was Antonia vorher vernommen hatte. Sie hörte Wut und Frustration und duckte sich hinter einem Ungetüm von Maschine aus poliertem Metall und Chrom.

34.

»Das ist absoluter Schwachsinn, Salma!«, sagte der Arzt. Leise, obwohl ein Sichtfenster ihn und die Schwesternschülerin von dem Unfallopfer trennte.

Isabella lag mit gleichmäßigem Puls bei automatisch zugeführten Gaben von Narkotika in einem tiefen, friedlichen Schlaf.

»Sie hat mit mir gesprochen! Echt!«, beharrte die Schwesternschülerin.

»Ohne die Lippen zu bewegen? Echt? Wahnsinn!«, gab der Arzt mit einem Sarkasmus zurück, der Salma verzweifelte Tränen in die Augen trieb.

»Dann sind Sie also Zeuge eines medizinischen Wunders geworden«, fuhr der Arzt fort, als halte er einen Vortrag vor großem Publikum. »Eine junge Frau mit Schädelverletzung erwacht aus dem künstlichen Koma. Das kann natürlich passieren und ist ab und zu sogar beabsichtigt. Aber dann REDET sie mit Ihnen, OHNE die Lippen zu bewegen? Machen Sie sich nicht lächerlich!«

Die Herablassung ließ ein wütendes kleines Licht in Salmas Hinterkopf aufleuchten. Zuerst nur schwach, wie ein kleiner Funke unter einem großen Stapel Holz. Aber das Getue dieses Schnösels mit den beiden Pickeln auf der Stirn war unerträglich. *Er ist einer dieser schlecht riechenden, unsicheren Typen, die nie eine*

Frau abkriegen, dachte Salma. *Typen, die nur Karriere machen und ihren ganzen Frust an weiblichen Kolleginnen auslassen.*

»Und was soll das überhaupt heißen, ›Wesen‹?«, fragte der Arzt, für Salmas Geschmack viel zu humorvoll herablassend. Aus ihrer Verzweiflung wurde Gewissheit. Aus dem Funken wurde ein Feuer, das hell und heiß aufleuchtete.

»Weiß ich nicht«, antwortete Salma. »Ich weiß nur eins: Sie sind ein hochnäsiger Wichser«, antwortete sie und ließ den nach Luft schnappenden Halbgott in Weiß einfach stehen. Auf dem Weg zu ihrem Spind brach Salma in Tränen aus. Jetzt konnte sie sich einen neuen Arbeitsplatz suchen, denn den »Wichser« würde ihr Vorgesetzter Salma niemals verzeihen. So ein verdammter Mist!

Als sie endlich das Handy aus ihrem Rucksack eingeschaltet hatte, um die Nummer ihrer Schwester wählen wollte, erhielt sie eine Meldung über eine eingegangene Nachricht von Delia: DU HAST DAS RICHTIGE GETAN! KOMM ZU MIR, FUNKY SISTAH!, las Salma in Großbuchstaben auf dem Display. Sie lächelte unter Tränen und wunderte sich nicht im Mindesten über die Botschaft ihrer Zwillingsschwester. Ganz im Gegenteil. Plötzlich ging Salma auf, was sich da vorhin in ihrem Beisein im Krankenzimmer ereignet hatte. Was »Wesen« bedeutete. *Das Mädchen mit der Schädelverletzung muss auch eine Zwillingsschwester haben. So wie Delia und ich*, dachte Salma aufgeregt. *Sie haben eine Verbindung namens »Wesen« und kommunizieren miteinander! Wie Delia und über »Funky Sistah«!*

Damit hatte Salma völlig recht. Bei Delia und ihr funktionierte es zwar seltener als bei den Cardascia-Zwillingen. Dafür empfingen Salma und Delia Nachrichten über eine viel größere Entfernung. Delia arbeitete als Karosseriebauerin in einem Tuningbetrieb für Autos in Bremen.

Wenn Hans, der gerade verspannt und konzentriert an der Schranke zur RayCon AG stand, während Hanna Broder dem Pförtner ihren Dienstausweis vor die Nase hielt, von diesen Zwillingsverbindungen gewusst hätte. Und wenn er Gloria, die gerade atemlos durch das Foyer des Krankenhauses hetzte, diese beiden Verbindungsarten namens »Wesen« und »Funky Sistah« hätte erklären müssen, wäre es in der Computersprache passiert. Etwa mit dem Vergleich zwischen Bluetooth und Wireless LAN.

Tatsache war, dass »Funky Sistah« Salma in Isabellas Krankenzimmer für »Wesen« wie ein Verstärker gewirkt hatte. Salma hatte bei ihrer heimlichen kleinen Verschnaufpause Antonias verzweifelte, rauchige und nach verbranntem Gummi schmeckenden Signale auf irgendeine Art zu Bella weitergeleitet, sie sozusagen durchgestellt. Ein rätselhafter Umstand, an dem sich die Zwillingsforschung die Zähne ausbeißen kann.

So rätselhaft und überraschend wie die Tatsache, dass sich der überhebliche Arzt auf der Intensivstation plötzlich weder die Anzeigen der Maschinen, noch die dünne Stimme der plötzlich erwachenden Patientin Isabella Maria Cardascia erklären konnte.

Das blasse Mädchen hatte sich im Bett aufgerichtet, so wie Salma es kurz zuvor beschrieben hatte. Nur, dass ihre weit aufgerissenen Augen diesmal den Mann im Arztkittel hellwach fixierten, der einfach nicht begreifen konnte, wie das möglich sein konnte.

Isabella fragte leise aber bestimmt: »Wer ist Salma? Ihre Frau?«

»Nein, ich, äh … bin nicht verheiratet.«

»Salma ist verdammt sauer auf Sie! Wissen Sie das?«

»Also äh, ja, das weiß ich, danke.«

»Könnte ich bitte etwas zu trinken haben? Ich sterbe vor Durst!«

35.

Hanna Broder kochte vor Wut. Weil ein unglaublich sturer und übelriechender Pförtner ihr und Antonias Vater wertvolle Zeit gestohlen hatte. Sie verfluchte sich, nicht im Dienstwagen mit Blaulicht und Sirene bei der RayCon AG vorgefahren zu sein. Denn eine Frau in Zivil auf der Beifahrerseite des schäbigen Lieferwagens eines Hamburger Gärtnereibetriebs hatte kaum die Chance, bei dem stinkenden Sturkopf im Pförtnerhäuschen als weibliche Hauptkommissarin im Einsatz durchzugehen.

»Da kann ja jeder kommen«, sagte der Mann, mit einem mehr als oberflächlichen Blick auf Hannas Ausweis. Nach einer kurzen, hitzigen Diskussion fürchtete der überforderte Pförtner um seine körperliche Gesundheit und rief den Werkschutz. Während Hans Bertram ebenfalls quälende Minuten lang um Beherrschung rang, erklärte Hanna Broder den etwas professionelleren Leuten vom Werkschutz in ihren schwarzen Fantasieuniformen die Lage.

Ein paar Funkrufe später wurde Hanna klar, dass sie keine guten Nachrichten für Hans hatte. Er stapfte, nun ebenfalls völlig aufgebracht, vor der Schranke herum und rief: »Was zu Teufel soll das heißen, ihr habt sie verloren?«

»Sie ist uns entwischt«, antwortete einer der Werkschützer kleinlaut.

»Aber wir suchen nach ihr«, fügte der andere hinzu. Hanna kam eine Idee. »Haben Sie Lautsprecher auf dem Dach?«, wollte sie wissen.

Die Werkschützer zuckten entschuldigend mit den Achseln und schüttelten die Köpfe.

»Dann besorgen Sie uns eine Flüstertüte«, sagte Hanna, deren Stimme nicht nach einer Bitte klang.

»'ne was?«, fragte der eine.

»Ein Megafon, du Idiot«, sagte der andere und stieß seinen Kollegen unsanft in die Seite. Er wandte sich an Hanna Broder. »Geht klar. Brauchen Sie sonst noch was?«

36.

Etwa 25 Kilometer entfernt weinte Gloria vor Glück in einem Zimmer der Intensivstation. Sie achtete nicht auf den unablässigen Strom von Fragen, den ihre spontan geheilte Tochter von sich gab. Sie streichelte nur stumm die Haare und das Gesicht von Bella, der das Getue ihrer Mutter bereits auf die Nerven ging. »Was ist mit Antonia? Wo ist sie? Ich habe gehört, dass sie in Schwierigkeiten sein soll. Was ist passiert?« Gloria auf, runzelte die Stirn und stellte die Gegenfrage: »Du hast ›gehört‹? Was hast du gehört?«

Isabella befand sich auf einmal in Erklärungsnot. Sie konnte ihrer Mutter schlecht von »Wesen« erzählen, also stammelte sie etwas von »hat man mir erzählt« und anderen vagen Unsinn, der den hilflos herumstehenden Arzt plötzlich zur Zielscheibe der Wut einer eben noch so wunderbar erleichterten Mutter machte.

»Was fällt Ihnen ein, meiner gerade erst von den Toten auferstandenen Tochter Angst einzujagen, idiota?«, ging sie auf den Arzt los.

Der hatte natürlich nicht die leiseste Ahnung, wovon die aufgebrachte Frau sprach. Mangels Menschenkenntnis machte er den Fehler ein Detail von Glorias Vortrag kraft seiner Autorität infrage zu stellen. »Um es genau zu sagen, ist Isabella weniger von den Toten auferstanden, als trotz unserer medikamentösen Einstellung erwacht. Wobei ich in diesem Zusammenhang nicht von einem Fehler sprechen würde, sondern lieber ...«

»Was fällt Ihnen ein ...«

Ein Sturm der Entrüstung fegte durch das Zimmer und brauste über Bella hinweg. Sie hörte sich das Spektakel einen Moment schweigend an. Doch weil sie wusste, dass Gloria in dieser Verfassung unmöglich zu bremsen war, seufzte sie leise und schwang die Beine über die Bettkante. Was ihr bereits eine Sekunde später ungeteilte Aufmerksamkeit von Mutter und Arzt einbrachte.

»Was hast du vor?«, bellte Gloria.

»Aufstehen.«

»Nichts da!«

»Aber mir geht's gut. Ich will ...«

»Darf sie aufstehen?« Gloria funkelte den Arzt an. Ihre Augen sendeten die unmissverständliche Botschaft, dass eine falsche Antwort mit Schmerzen verbunden sein würde.

»Nun, äh, Isabel. Ich kann dich ohne, äh, weitere Untersuchungen unmöglich erlauben ...«, stammelte der Arzt mit dünner Stimme. Seine Autorität hatte sich endgültig verflüchtigt. Daher schritt die Mutter ein und machte Isabella unmissverständlich klar, dass sie gefälligst im Bett zu bleiben habe. Basta!

37.

Antonia war in die stickigen Metallröhre der großen Maschine gekrochen, hinter der sie sich zuvor in der Halle versteckt hatte. Ihr Magen spielte verrückt, wegen des öligen Geruchs in ihrem Versteck hatte sie bereits mehrmals würgen müssen. Plötzlich hörte sie wieder eine Stimme, die sie eigentlich nicht hätte hören dürfen. Doch diese kam nicht in Verbindung mit Farben, Gerüchen und dem Geschmack von »Wesen«, sondern klang aus der Ferne blechern und dennoch eindeutig nach einem ziemlich verzweifelten Hans: »Toni, hier spricht dein Vater! Wenn du mich hörst, dann komm bitte raus! Wir suchen dich überall und Gloria macht sich furchtbare Sorgen. Hörst du mich, Toni?«

Das ging in kleinen Variationen der immer gleichen Aussage so weiter und klang mal näher und dann wieder fern. Papa war da! Antonia kamen vor Erleichterung die Tränen. Sie robbte auf ölverdreckten Hosenbeinen aus ihrem Versteck. Durch die Enge der Röhre waren Antonias Beine eingeschlafen und sie konnte kaum zu der kleinen Luke gehen, durch die sie in die Halle geflohen war. Doch da Hans' Stimme sich bereits wieder zu entfernen drohte, hinkte sie, so schnell sie konnte, auf die Luke zu und rief: »Ich bin hier, Papa! Ich habe mich versteckt!«

Sie war zu langsam! Die Worte ihres Vaters waren kaum noch zu verstehen. Er entfernte sich! Das Gefühl der Panik kehrte zurück und Antonia musste schlucken. Endlich erreichte sie die kleine grüne Tür, trat mit aller Kraft gegen den rostigen Riegel und stieß die Klappe auf. Gleißend helles Licht stach ihr in die Augen, als sie durch die Luke auf den Weg vor der Halle kroch. Antonia blinzelte nach links, dort war nichts zu sehen. Die Stimme ihres Vaters war mittlerweile verstummt. Antonia schluckte und es klickte trocken in ihrem Hals. Dann hörte sie Türen schlagen, sah rechts in die Gasse und ihr Herz machte einen entsetzen Hüpfer. Zwei grimmig aussehende Männer in pechschwarzen Uniformen stürmten auf sie zu! Hinter ihnen war der weiße Kleinwagen mit dem orangefarbenen Licht auf dem Dach zu erkennen. Der Wagen, der Antonia verfolgt hatte. Flucht war absolut zwecklos. Ihr Magen krampfte sich zusammen. Doch diesmal war es nicht der Gestank aus der Maschine, in der sie sich versteckt hatte. Es war die nackte Angst, gepaart mit dem Gefühl von Ausweglosigkeit, das sie würgen und sich übergeben ließ, während einer der düsteren Verfolger ihren Arm ergriff und bissig: »Haben wir dich endlich, kleine Lady«, zischte. In mehreren konvulsivischen Zuckungen erbrach Antonia ihr Mittagessen und spuckte den angeekelten Schwarzen Männern mit tränenden Augen Gallenflüssigkeit vor die Füße.

Ihr Vater war verschwunden. Man hatten sie gefangen. Es war vorbei.

»Nun sieh dir diese Schweinerei an«, sagte einer der beiden. Dann spürte Antonia den stahlharten Griff des anderen am Arm und wurde zum Auto gezerrt.

»Dass du uns bloß nicht in die Karre kotzt, kapiert?«, hörte sie die zweite Stimme. Dann wurde die hintere Tür des Wagens aufgerissen und Antonia wurde unsanft auf den Rücksitz bugsiert. Durch den Tränenschleier sah sie unscharf, wie der Beifahrer ein Handfunkgerät zückte, während der Motor aufheulte.

»Wir haben sie!«

Die Antwort über Funk hörte sich wie eine atmosphärische Störung an. Antonia verstand kein Wort. Es interessierte sie auch nicht mehr. Ihr Kampfgeist war gebrochen. Sie hatte gekämpft – und hatte verloren.

38.

Etwa zur gleichen Zeit ließ sich das Hochgefühl des Biologie- und Chemielehrers Rolf Herder kaum noch beschreiben. Er hatte es geschafft! Gerade hatte er vom Kopierraum des Sekretariats aus über dreißig Seiten an das Patentamt nach München gefaxt. Der psychische Druck, diesen Papierkrieg mit der Behörde rechtzeitig zu gewinnen, war eine Sache. Doch die Zwillinge nichts davon mitbekommen zu lassen, als er ihre Aufzeichnungen für die Herstellung einer heimlichen Kopie entwendete, war viel schwieriger gewesen. Herder war sich ziemlich sicher, dass die Mädchen nichts gemerkt hatten. Obwohl ihn Antonia manchmal so angesehen hatte, als habe sie eine Ahnung, dass der Berater und hilfreiche Geist für die ›Jugend forscht‹-Teilnahme mehr als nur einen der ersten Plätze der Mädchen im Sinn hatte. Zuletzt schien es, als würden Antonia und Isabella ihrem Lehrer sogar aus dem Weg gehen. Auf dem Schulhof oder im Flur grüßten sie knapp und mieden seinen Blick. Doch da hatte Rolf Herder bereits Kopien aller Dokumente in seinem Besitz, die er für eine Patentanmeldung brauchte. Zu diesem Zeitpunkt war sich der Biologielehrer völlig darüber im Klaren, dass die Mädchen einer absoluten Sensation auf der Spur waren. Einem Meilenstein der Pharmazie. Etwas in der Größenordnung von Penicillin, Aspirin oder Viagra!

Herder hatte die Anlage im Wagen auf volle Laut-
stärke gestellt, sang aus vollem Hals einen seiner Lieb-
lingssongs von Ray Charles and the Raelettes mit, der
gerade im Radio lief:»Hit the road, Jack! And don't
you come back no more, no more. Hit the road, Jack!
And don't you come back no mooooore!«
Den Erfolg und die Aufregung seiner fast drei-
monatigen Geheimnistuerei musste er unbedingt mit
jemandem teilen, sonst wäre Rolf geplatzt. Einer
spontanen Eingebung folgend setzte er den Blinker
und bog auf eine Tankstelle ein. Dort kaufte er ein Six-
pack Dosenbier. Außerdem leistete er sich den Luxus
einer Packung Zigaretten, natürlich war es die Marke
seines alten Freundes und Studienkollegen, denn Rolf
Herder rauchte ja seit über zehn Jahren nicht mehr.
Doch heute, zur Feier des Tages, würde er eine Aus-
nahme machen. Als der picklige Angestellte an der
Kasse den Preis für die Zigaretten eingab, verschlug
es Rolf Herder den Atem. Der Zigarettenpreis war in
den letzten Jahren explodiert! Ebenso wie der Sprit-
preis, der Gaspreis, es war zum … Doch heute wollte sich Rolf davon nicht die Laune verderben lassen.
Nicht heute! Also reichte er dem Jungen einen Geld-
schein, lächelte und sagte:»Behalten Sie den Rest.«
Dann stieg er pfeifend mit dem Bier unter dem Arm
in seinen Wagen und machte sich auf den Weg zu Richard Niederberg.

39.

Antonia heulte, doch diesmal vor Erleichterung und Glück. Sie klammerte sich an ihren Vater. Hans bekam kaum noch Luft.

»Ich dachte wirklich, ich werde sterben!«, schluchzte sie.

»Schade, dass die beiden Krähen vom Werkschutz so schnell verschwunden sind«, knurrte Hans. »Ich hätte große Lust, diesen Vögeln ihre Schwanzfedern einzeln auszureißen! Mein Mädchen so zu erschrecken!«

Hanna Broder stand neben den Cardascias vor dem weißen Gärtnereibus am Haupteingang der RayCon AG. Sie fror und schlug vor: »Wir sollten uns auf den Rückweg machen. Es existieren immer noch Spuren, denen meine Kollegin und ich dringend nachgehen müssen.«

»Was für Spuren?« Antonia schniefte, doch in ihren Augen lag bereits wieder jene Neugierde, die Hans an den Mädchen so liebte.

»Die Feuerwehr hat zum Beispiel ein Feuerzeug mit Monogramm im Garten bei dem Gewächshaus gefunden«, antwortete Hanna. Ihr fiel ein, dass sie das Beweismittel dabei hatte. Sie holte den durchsichtigen Plastikbeutel aus der Tasche ihrer Lederjacke und zeigte Antonia das Feuerzeug, während Hans die Türen des Lieferwagens aufschloss.

»Das Ding kenne ich!«, sagte Antonia etwas später vom Rücksitz, als sie sich das altmodische Ding aus Silber mit dem Monogramm RN näher angesehen hatte. »Genau so eins hatte der komische Typ mit dem Gewächshaus! Bei dem Bella und ich kurz vor dem Unfall waren.«

Hanna Broder wurde warm. Es lag ganz sicher nicht an dem röchelnden Gebläse des Wagens, sondern eher an dem möglichen Fortschritt in der Ermittlung. Sie drehte sich von der Beifahrerseite zu Antonia um.

»Bist du ganz sicher? Wie heißt der Mann?«

Bitte, lass die Buchstaben des Monogramms mit dem Namen übereinstimmen, flehte sie still, während Antonia die Stirn runzelte.

»Herr, äh … Niederberg. Genau, so hieß der«, antwortete Antonia.

»Das ist schon das halbe Monogramm«, sagte Hanna und lächelte. Sie zückte ihr Handy und telefonierte leise, ohne dass Antonia und Hans mitbekamen, worum es sich handelte.

»Und Bella geht es wirklich gut?«, fragte Antonia.

»Der Arzt spricht von einem Wunder«, sagte Hans.

»Das tun sie immer, wenn sie keine Ahnung haben.« Er lachte. Antonia grinste in sich hinein und biss sich auf die Lippen, um ihrem Vater nichts von »Wesen« zu erzählen Der Verbindung zu Bella, die Antonia vor den Verfolgern gerettet hatte. Sie hatte keine Lust, von ihm für »nicht ganz dicht« gehalten zu werden.

40.

»Du verdammter Hund«, sagte Richard. Nicht zum ersten Mal. »Du gerissener, verdammter …« Er brach ab und sah Rolf Herder an, als könne er seinen Ohren immer noch nicht trauen. Dann nahm er einen tiefen Schluck aus einer von der Kälte beschlagenen Bierdose und murmelte: »Antrag beim Patentamt München. Das ist ja wirklich nicht zu glauben. Du Hund!«

»Fällt dir nichts Besseres ein?« Rolf Herder grinste, zündete sich nach über zehn Jahren Abstinenz seine erste Zigarette an, nahm einen vorsichtigen Zug und – hustete. Seine Augen verengten sich zu Schlitzen. Als er den Rauch heftig ausstieß, wirkte sein Gesicht wie eine verzerrte Fratze.

»Schmeckt's?«, grinste Richard.

»Fuorcht, hrchh … Furcht … Bar!«, keuchte Rolf. Und nahm noch einen Zug. Diesmal mutiger.

Er und Richard Niederberg saßen auf Rattanstühlen in Richards unordentlichem Wintergarten. Sie rauchten und tranken Bier. Es herrschte schwüle, tropische Wärme. Überall hingen Kannen der geheimnisvollen Pflanzen, deren Flüssigkeit in Zukunft das Leben so vieler Patienten mit Magenschleimhautentzündung verändern sollte. Zum Besseren, hoffte der Biologielehrer und nahm einen Schluck aus der Bierdose. Für ihn hatte der Konsum von Alkohol und Tabak am Nachmittag etwas Rebellisches. Er kam sich jünger vor, war wieder ein Abenteurer. Wie früher, zu den wilden Studienzeiten.

»Und was halten die Mädchen davon?«, wollte sein Freund wissen.

»Die haben natürlich keine Ahnung! Es war gar nicht so einfach, den Mädels die ganzen Papiere abzunehmen, zu kopieren und wieder unterzuschieben, ohne dass sie etwas davon merkten.«

Richard hieb mit der Faust auf den Rattantisch und rief: »Hab ich mir doch gedacht, dass du was vorhast! Als ich bei dir war, hab ich das gespürt.«

»Moni weiß übrigens auch nichts von der Sache. Und das soll auch so bleiben, okay? Also verquatsch dich nicht!«

Richard schnaufte abwertend. »Dürfte kein Problem sein. Deine Frau und ich sind nicht gerade die besten Freunde, wie du weißt.«

»Es ist generell besser, wenn die Sache bis auf Weiteres unser Geheimnis bleibt. Also bitte kein Wort darüber, zu niemandem«, sagte Herder. Ihm fiel auf, dass er sich absolut nicht sicher sein konnte, mit Richard den Richtigen in sein Geheimnis eingeweiht zu haben. Das versetzte ihm einen kleinen Stich der Unsicherheit.

»Du verdammter Mistkerl!« Richard grinste und stieß mit seiner Dose gegen die von Rolf Herder.

»Na ja, noch ist nichts entschieden«, antwortete Herder. Er spielte den Vernünftigen. Wie früher, als die beiden noch jeden Tag zusammen Unsinn angestellt hatten. »Der Antrag auf Patentierung muss zunächst geprüft werden. Das kann noch ein paar Monate dauern.«

Die Männer rauchten eine Zeit lang schweigend.

Dann sagte Rolf Herder etwas, das in Richards Ohren fast wie eine Rechtfertigung oder Entschuldigung klang:»Wir wollten früher immer die Welt verändern, weißt du noch? Jetzt hatte ich die Chance dazu. Die muss ich einfach ergreifen. Verstehst du das?«

Richard nickte stumm. Er sah sich in seinem chaotischen Wintergarten um und dachte an sein eigenes Leben. *Das habe ich ebenfalls versucht, aber meine Chancen leider verpfuscht*, dachte er bitter und trank schweigend sein Bier.

Plötzlich klingelte es an der Tür, und beide Männer zuckten zusammen.

»Erwartest du Besuch?«, flüsterte Rolf.

»Nein!«, flüsterte Richard zurück. Es klingelte erneut. Ungeduldig, fast herrisch, fand Richard und schluckte. Die Männer huschten in den Flur und hielten den Atem an.

»Herr Niederberg?« An der Tür war eine weibliche Stimme zu hören.»Mein Name ist Hanna Broder. Ich bin von der Polizei und würde Sie gern sprechen. Ich weiß, dass Sie da sind, also öffnen Sie bitte!«

41.

Hanna Broder und Stefanie Schäfer wechselten einen unauffälligen Blick, als sie Richard Niederberg durch den Flur in sein Haus folgten.

»Gleich da hinten, bitte folgen Sie mir«, hatte der schwitzende Mann gestammelt, als sich die Beamtinnen vorgestellt und ausgewiesen hatten.

Hinter Niederbergs Rücken signalisierte Hannas gerunzelte Stirn und die fast schon schmerzlich zusammengekniffenen Augen der Kollegin: »Hier stimmt was nicht!«

Stefanie nickte diskret, öffnete ihre Dienstjacke mit dem Polizei-Schriftzug auf dem Rücken. Sie zeigte Hanna ihr Waffenholster, während sie die Verriegelung öffnete.

Obwohl Waffen Hanna noch nie beruhigen konnten, eher das Gegenteil war der Fall, nickte sie zurück. Hannas Dienstwaffe lag, wie meistens, in einer abgeschlossenen Schreibtischschublade in der Polizeiinspektion Mitte.

Neben der Tür standen zwei aufeinandergestapelte Bierkästen mit Leergut. Aus der Küche, die Hanna am Ende des Durchgangs neben der Treppe vermutete, kam der süßliche Geruch von vergammelten Früchten und altem Müll. Wie immer, wenn Hanna verwahrloste Wohnungen betrat, schaltete sie auf Mundatmung um, ohne weiter darüber nachzudenken. In der Ausbildung hatte sie oft genug von Verwesungsgestank und Leichengeruch würgen, sich manchmal sogar übergeben müssen. Ihre Taktik, die Nase einfach auszuschalten, hatte sie von einem älteren Kollegen gelernt. Auch wenn das dazu führte, dass sich ihre Stimme anhörte, als habe sie Schnupfen – es war immer noch besser, als sich vor den Augen der beiden Männer, die sie nun im Wohnzimmer nervös anstarrten, auf den Boden erbrechen zu müssen.

»Wir, äh … waren gerade im Wintergarten. Deshalb haben wir Sie nicht sofort gehört. Kann ich Ihnen etwas zu trinken anbieten?« Niederberg versuchte zu lächeln. Fast wäre es ihm überzeugend gelungen. Doch seine Miene gefror urplötzlich, als Hanna wortlos das silberne Feuerzeug zückte. Sie hielt ihm das Beweisstück so nah vors Gesicht, dass er sogar sein Spiegelbild in dem blankpolierten Silber erkennen konnte.

»Ich nehme mal an, das gehört Ihnen«, sagte Hanna. Es klang wie eine Feststellung, weniger wie eine Frage.

Für eine Sekunde dachte Niederberg daran, zu lügen. Doch es hätte bedeutet, das wichtigste Erinnerungsstück zu verlieren, das ihn mit seiner geliebten Anne verband. Der Frau, die er immer noch sehr vermisste, auch wenn sie ihn sitzengelassen hatte. Also nickte er, ohne weiter über die Folgen nachzudenken. Dann nahm er der Kommissarin das Feuerzeug vorsichtig aus der Hand, betrachtete es und sagte: »Ein Geschenk meiner Frau. Wo haben sie es gefunden?«

»Wissen Sie das wirklich nicht?«, fragte Hanna hart.

»Keine Ahnung«, antwortete Niederberg und zündete sich eine Zigarette mit dem Feuerzeug an.

Hanna ließ die Augen des Verdächtigen keinen Moment aus dem Blick, als sie erwiderte: »Sie haben es im Garten der Cardascias verloren.«

Nichts. Kein Blinzeln, kein Zucken, gar nichts. Das ist nicht gut, dachte Hanna. Sie setzte noch eins drauf: »Sie haben es dort verloren, nachdem sie, wahrscheinlich mit genau diesem Erinnerungsstück, das Gewächshaus von Antonia und Isabella Cardascia angezündet haben.«

Immer noch kein Blinzeln, kein Schuldbewusstsein war zu erkennen. Doch der verblüffte Blick Niederbergs zu seinem Gast entging Hanna Broder nicht. Nur ein kurzer, fast unmerklicher Seitenblick. Bevor Niederberg mit einer Unschuldsmiene, die nur gespielt sein konnte, antwortete: »Ich habe wirklich nicht die leiseste Ahnung, wovon Sie sprechen.«

Der andere Mann trat unbehaglich von einem Fuß auf den anderen. Er beobachtete abwechselnd Hanna bei der Vernehmung und die andere Polizistin, die einen Blick hinter die beschlagenen Scheiben des Wintergartens warf.

»Wo waren Sie vorgestern zwischen 16 und 22 Uhr 30, Herr Niederberg?«

»Da war ich bei Rolf ... also bei Herrn Herder«, antwortete der Befragte. Ohne zu zögern. Wieder dieser Seitenblick zu dem Mann.

»Das sind Sie?«, fragte Hanna. Der Mann machte Anstalten, Hanna die Hand zu geben. Doch er bemerkte, dass diese Geste völlig fehl am Platz war, steckte die Hände in die Tasche und nickte.

»Rolf Herder, das ist ... richtig.«

127

»Was ist richtig? Ihr Name oder die Angabe von Herrn Niederberg, dass er sich zur fraglichen Zeit bei Ihnen aufgehalten hat?«

»Äh, beides … Beides ist richtig«, antwortete der Mann mit dem graumelierten Vollbart und lächelte schüchtern.

»Haben Sie Alkohol getrunken? Sie wirken beide auf mich nicht mehr ganz nüchtern«, sagte Hanna.

Niederberg straffte sich. »Na, hören Sie mal, das ist ja wohl unsere Sache …«

»Hanna? Kommst du mal?« Stefanie Schäfer winkte von der beschlagenen Glastür aus Richtung Wohnzimmer. »Das solltest du dir ansehen.«

»Sie rühren sich nicht vom Fleck, verstanden?« Auch das klang eher nach Befehl denn nach Frage.

Hanna folgte dem Wink ihrer Kollegin und betrat den Wintergarten. Tropisch feuchte Wärme hüllte die Kommissarin wie ein nasser Waschlappen ein. Sie vergaß ihre Mundatmung und nahm eine Nase der würzigen Urwaldluft, als sie voller Überraschung die Kannenpflanzen sah, die sie bei den Cardascia-Mädchen zum ersten Mal gesehen hatte.

»Diese Pflanzen sind ziemlich selten. Das kann kein Zufall sein«, sagte Stefanie Schäfer.

»Ich kann Ihnen das alles erklären.« Herder war Hanna gefolgt und redete gestikulierend auf die Beamtinnen ein. »Herr Niederberg und ich sind alte Studienkollegen und Freunde. Wir hatten einen kleinen Umtrunk, da wir etwas zu feiern hatten …«

Während er sprach, schob Herder mit dem Absatz unauffällig eine hellbraune Aktentasche aus Leder unter den Tisch. Er zuckte zusammen, als sich Hanna bückte und mit einer für ihre Körperfülle erstaunlichen Geschwindigkeit um Herder herum nach der Tasche griff.

»He! Das dürfen Sie nicht!«, rief der Mann, nun deutlich nervöser als zuvor.

Hanna sah ihn eindringlich an.«Ist das Ihre Tasche?«

»Äh ... ja«, antwortete Herder.

»Ich bitte Sie um Erlaubnis, den Inhalt dieser Tasche in Augenschein nehmen zu dürfen«, sagte Hanna.

Herder überlegte eine Sekunde. Offensichtlich verblüfft, dass die Kommissarin um Erlaubnis bitten musste. Als er verstand, was das bedeutete, schüttelte er den Kopf.»Nein! Geben Sie meine Tasche sofort her!«

Hanna dachte nicht daran. Stattdessen sah sie erst Herder und dann Niederberg an, der mittlerweile ebenfalls den Wintergarten betreten hatte.»Herr Niederberg, Herr Herder, Sie sind vorläufig festgenommen.«

»Aber ...«

»Was soll das denn?«

»Sie können doch nicht einfach ...«

»WEGEN VERDACHTS AUF ...«, setzte Hanna sich lautstark gegen die aufgeregten Männer durch und begann aufzuzählen: »... Mordversuch mit einem PKW in Tateinheit mit Fahrerflucht, Sachbeschädigung und Brandstiftung. Mehr fällt mit im Moment nicht ein. Aber ich bin auch gerade erst am Anfang der Ermittlungen. Wenn ich also bitten darf ...« Hanna Broder zückte ein Paar Handschellen.

Hanna und Stefanie Schäfer schoben die protestierenden Männer durch das verwahrloste Haus. Sie sorgten dafür, dass sich die Gefesselten beim Platznehmen auf der Rückbank des Dienstwagens nicht den Kopf stießen. Hanna nahm auf der Beifahrerseite Platz und ignorierte die leisen Flüche von Niederberg. Stefanie Schäfer hatte kein gutes Gefühl bei dieser Festnahme. Sie sah Hanna verstohlen von der Seite an. Doch dem Pokerface der Kommissarin war nicht anzumerken, ob sie mit ihrer Entscheidung zufrieden war oder nicht.

42.

»Wenn dieser ganze Laborkram auf die Schnelle nicht zu kriegen ist, mach den Stand doch einfach ein bisschen kleiner«, sagte Antonias Vater.

»Papa, um groß oder klein geht es nicht. Alle Präsentationsstände sind sowieso gleich groß. Die sind genormt!«

Hans ging hinter seiner Tochter her, die mit ihrem Laptop unter dem Arm durch die Fußgängerzone raste. Er versuchte, mit ihr Schritt zu halten. »Was ist denn das Problem?«

Antonia drehte sich fuchsteufelswild um und starrte ihren Vater an. »Sag mal, kannst oder willst du es nicht kapieren? Ich habe keine Pflanzen und kein Laborgerät! Weil bei dem Brand alles zerstört wurde. Ich kann die Versuchsanordnung nicht aufbauen. Ich kann den Vorgang der Verdauung nicht mehr im Modell sichtbar machen, weil das Modell ebenfalls verbrannt ist. Ich kann überhaupt nichts präsentieren!«

Tränen stiegen Antonia in die Augen. Hans ging in die Hocke, legte seinen Arm um die Schulter seiner Tochter. Es schmerzte ihn, sie leiden zu sehen.

»Moment mal. Wenn ich dich richtig verstanden habe, zeigt ihr die heilsame Wirkung des Verdauungssafts dieser Neptentis ...«

»Nepenthes«, verbesserte Antonia genervt und trat

von einem Fuß auf den anderen. Es war wirklich nett, dass Hans ihr angeboten hatte, Antonia zu fahren und bei dem Versuch zu helfen, neue Gerätschaften zu besorgen. Aber erstens gab es keine neuen Gerätschaften, weil Laborbedarf in dieser Stadt ein Fremdwort zu sein schien. Und zweitens stahl ihr Hans nur die knappe Zeit, indem er sich von seiner Tochter die ganze Sache von A bis Z haarklein erklären ließ. Nur, um alles eine Minute später bereits wieder vergessen zu haben.

... Dschungel!«, sagte Hans und grinste Antonia an. »Hast du mir zugehört?«

»Entschuldige, nein«, sagte Antonia, die noch mehr Zeitverlust befürchtete, wenn Hans noch einmal von vorn anfing.

»Du zeigst den kulturellen Hintergrund der Pflanze in ihrer Umgebung. Dann verweist du auf die Naturvölker, die sich der medizinischen Wirkung dieser Verdauungsflüssigkeit bedienen. Aus Burma.

»Borneo!«, korrigierte Antonia verzweifelt.

»Ja, klar.« Hans war nicht mehr zu bremsen. »Es geht um den Saft. Und schließlich präsentierst du den Wirkstoff aus der Flüssigkeit, der sich theoretisch auch synthetisch herstellen lässt. Richtig? Also beginnst du mit deinem Stand im Busch von Burm ... äh, Borneo!«

Hans sah seine Tochter begeistert an. Antonia starrte verblüfft zurück. »Das ... ist gar nicht schlecht«, antwortete sie schließlich.

»Was du brauchst, ist eine Art Mini-Dschungel. Für den Hintergrund große Ausdrucke mit Bildern der Ureinwohner und dieser Kannenpflanzen. Um dich herum Pflanzen bis zum Hals. Den Rest zeigst du der Jury am Computer: Bilder, Daten, das chemische Modell und so weiter und so fort!«

Wow! Er hat recht, begriff Antonia. »Ich wusste gar nicht, dass du so was kannst«, sagte sie.

Ihr Vater lächelte geschmeichelt. »Ich habe letzten Herbst eine Messe für unseren Betrieb vorbereitet. Im Prinzip ist das ja nichts anderes, und deshalb …«

»Ben arbeitet in einem Reprostudio, gleich hier um die Ecke«, unterbrach Antonia aufgeregt. Sie hatte plötzlich neue Hoffnung geschöpft. Hans' Vorschlag war die Lösung, die Maschine lief wieder. Aber die Zeit drängte, es waren noch Tausende von Sachen zu erledigen!

»Am Autobahnzubringer gibt es einen neuen Baumarkt mit Pflanzencenter. Dort können wir den Dschungel bekommen.«

Hans kassierte einen Kuss seiner begeisterten Tochter. Dann lief Antonia voraus, Richtung Reprostudio. Hans folgte Antonia durch die Fußgängerzone. Da klingelte sein Handy.

43.

»Hans, ich habe gerade Anzeige erstattet«, sagte Gloria. »Frau Schäfer, diese Polizeibeamtin, hält es auch nicht für Zufall.« Gloria stand neben den Eingangsstufen der Polizeiinspektion Mitte. Sie hatte sich mittlerweile beruhigt. Doch der Schock über die zerbrochene Scheibe der Terrassentür steckte ihr noch in den Knochen. »Im Moment ist die Spurensicherung im Haus, deshalb bin ich mit Frau Schäfer ins Präsidium gefahren. Die Einbrecher haben nur Antonias und Isabellas Zimmer durchwühlt. Der Computer fehlt … was? Ach, dann ist ja gut!« Erleichtert nahm Gloria von Hans zur Kenntnis, dass Antonia ihr Laptop mitgenommen hatte.

»Sag ihr, sie soll den Computer nicht mehr aus den Augen lassen!«

Irritiert bemerkte Gloria, dass sie von einer attraktiven Blondine Anfang vierzig angestarrt wurde. Sie verabschiedete sich von Hans, dann unterbrach sie die Verbindung. Die Frau trat ein paar Schritte näher zu Gloria und lächelte schüchtern. »Entschuldigen Sie, dass ich mitgehört habe. Aber bei uns ist heute etwas ganz Ähnliches passiert.«

»Wie meinen Sie das?«, fragte Gloria.

Die Frau räusperte sich unbehaglich, bevor sie antwortete. »Nun ja, die Scheibe der Terrassentür zum

Arbeitszimmer meines Mannes wurde eingeschlagen. Seine gesamten Unterlagen wurde durchwühlt und …« Dann fiel der Frau auf, dass sie etwas vergessen hatte. »Oh entschuldigen Sie, ich spreche Sie einfach an, ohne mich vorzustellen.« Sie reichte der verwirrten Gloria die Hand. »Mein Name ist Monika Herder, ich …«

»Herder? Sind sie die Frau von dem Biologielehrer Herder?«, antwortete Gloria, nun noch verblüffter.

»Ja«, antwortete die Frau lächelnd. »Sie kennen meinen Mann?«

»Allerdings«, antwortete Gloria und deutete in Richtung des hässlichen Polizeigebäudes. »Er sitzt hier in Untersuchungshaft.«

»Was?« Nun war es an Frau Herder, gleichermaßen verwirrt und erschrocken auszusehen.

»Kommen Sie mit! Ich weiß, an wen Sie sich wenden müssen!«, sagte Gloria und zog die schreckensbleiche Frau resolut in das Gebäude.

44.

Hanna Broder hörte der Schilderung von Monika Herder konzentriert zu. Die Frau des Lehrers hatte nichts dagegen, dass Gloria der Aussage beiwohnte, also saßen vier Frauen in Hannas Büro. Eine Thermoskanne Kaffee stand auf dem Tisch, irgendwo hatte Stefanie Schäfer sogar noch ein paar halbwegs akzeptable Kekse aufgetrieben.

»Und der Rechner Ihres Mannes ist weg?«, fragte Hanna, als Monika Herder geendet hatte. »Zusammen mit Papieren aus seinem Arbeitszimmer?«

»Und einem violetten Wäschekorb«, ergänzte Monika Herder.

»Ist doch klar. Damit haben die Täter das ganze Zeug aus dem Haus geschafft«, sagte Stefanie Schäfer.

Die Frau des Lehrers nickte.

»Aber Geld fehlt keins? Alle Wertsachen sind noch da?«, fragte Hanna Broder, obwohl sie die Antwort bereits kannte.

»Wie bei uns! Schmuck und Bargeld haben die Einbrecher nicht interessiert«, sagte Gloria. »Bei uns haben sie nur die Zimmer der Zwillinge durchwühlt. Ob etwas fehlt, können allerdings nur die Mädchen sagen. Ich blicke da schon lange nicht mehr durch.«

»Manches will man in dem Alter der Kinder auch

gar nicht mehr wissen, oder?«, fragte Stefanie Schäfer lächelnd.

Gloria wollte dies gerade seufzend bestätigen, doch Hanna schnitt ihr das Wort ab: »Genau! Das ist es. Es geht um Wissen!«

»Bitte?« Drei Augenpaare wanderten zu Hanna.

»Ihr Mann betreut die Schülerprojekte für ›Jugend forscht‹, nicht wahr?«, fragte Hanna Monika Herder.

»Das stimmt.«

»Die Täter suchen etwas, das mit den Forschungen der Mädchen zu tun hat«, formulierte Hanna ihre Überlegungen laut. »Die Wohnung der Schülerinnen und des Lehrers wurden durchsucht.«

»Aber wie passt das mit dem Unfall von Isabella und dem Brand zusammen?«, gab Stefanie Schäfer zu bedenken.

»Gar nicht!«, antwortete Hanna und hieb mit der Faust auf den Tisch, sodass alle Anwesenden erschrocken zusammenzuckten.

»Diese Taten sind destruktiv. Das passt nicht ins Muster, verdammt noch mal!«

Eine betretene Pause entstand.

Schließlich durchbrach ein Räuspern die nachdenkliche Stille: »Sind mein Mann und Herr Niederberg jetzt wieder auf freiem Fuß?«, fragte Monika Herder.

Hanna nippte an ihrem Kaffee, bevor sie antwortete. »Ich muss mit beiden erst noch sprechen.«

»Aber unter Verdacht stehen sie nicht mehr, ja?«, wollte Frau Herder wissen.

»Wenn die zwei sich nicht so geheimnistuerisch verhalten hätten, wäre die Festnahme überhaupt nicht nötig gewesen. Und wir wären in der Ermittlung schon weiter«, sagte die Kommissarin und stand auf. Sie reichte Gloria und Frau Herder die Hand und verabschiedete sie.

»Wann wird Ihre Tochter denn aus dem Krankenhaus entlassen?«, wollte Hanna wissen, als Gloria bereits auf dem Flur stand.

»Schon bald«, sagte Gloria strahlend, »die Ärzte wollen nur noch ein paar Tests mit ihr machen. Sie ärgert sich zwar, dass sie deswegen nicht an der ›Jugend-forscht‹-Präsentation teilnehmen kann, doch Hauptsache ist, dass von dem Unfall nicht zurückgeblieben ist.«

»Ja, das ist erst einmal das Wichtigste«, antwortete Hanna. Dann fügte sie hinzu: »Bis sich alles aufgeklärt hat, haben sie bitte ein ganz besonders wachsames Auge auf die Mädchen, okay?«

Zum ersten Mal seit Langem war Gloria froh, dass Hans bei ihnen war.

45.

Als die beiden Beamtinnen die Reste der improvisierten Kaffeetafel aufräumten, sah Stefanie plötzlich auf.

»Sag mal, hat die Kriminaltechnik eigentlich Spuren des Unfalls an dem Fahrrad von Isabella gefunden?«

Hanna nickte. »Minimale Lackpartikel des Unfallfahrzeugs. Weiße Splitter. Werden gerade im Labor auf die Fahrzeugmarke untersucht. Aber so was kann dauern ...«

»Weißer VW-Bus ... Crop Science«, sagte Stefanie nachdenklich.

»Wie bitte?«, fragte Hanna irritiert.

»Ein Nachbar der Cardascias hatte sich über einen weißen VW-Bus mit dieser Aufschrift geärgert. Er hat es mir selbst erzählt, als ich am Tatort war. Weil der Wagen auf dem Bürgersteig stand oder so. Das war zur Zeit des Einbruchs im Haus der Cardascias. Und auf dem Wagen stand ...« Stefanie brach ab, ging zu Hannas Schreibtisch und setzte sich an den Computer.

»Was machst du?«, fragte Hanna.

»Sieh dir das an!«, sagte Stefanie aufgeregt. Sie deutete auf eine Internetseite.

»RayCon AG CropScience ... Pflanzenschutzportal für die Landwirtschaft«, las Hanna vom Bildschirm ab. Das dunkelgrüne Logo der Homepage war nicht das von RayCon, sondern eine Kornähre und ein Blatt.

»Antonia Cardascia hat zu Protokoll gegeben, dass der Wagen, der ihre Schwester angefahren hat, weiß war. Richtig?«

Hanna Broder wühlte in einem Aktenstapel, zog die Mappe mit dem Unfallvorgang heraus und las laut vor: »Weißer Bus, eventuell Volkswagen. Mit Beschriftung. Text und Inhalt unbekannt ... Und ein Logo, an das sie sich ebenfalls nicht erinnern konnte.«

»Wenn es das RayCon-Logo gewesen wäre, hätte Antonia es erkannt, jede Wette. Aber es war ein anderes, nämlich das von CropScience«, sagte Stefanie.

»Das würde bedeuten, dass der vorsätzliche Unfall und der Einbruch bei den Cardascias mit einem ähnlichen oder sogar demselben Tatfahrzeug begangen wurden«, meinte Hanna nachdenklich.

»Und ich wette, dass wir im Umfeld des Einbruchs bei diesem Lehrer Zeugen finden werden, die einen weißen VW-Bus mit der Aufschrift und dem Logo von CropScience gesehen haben«, ergänzte Stefanie zufrieden.

»Aber was soll das?«, fragte Hanna ihre Kollegin. »Warum sollte ein Konzern, der einmal jährlich die Räumlichkeiten und sogar das Sponsoring inklusive Brötchen und Getränke für ›Jugend forscht‹ bereitstellt, so etwas tun? Das ergibt doch keinen Sinn.«

»Vielleicht ist es nicht der Konzern«, antwortete Stefanie Schäfer. »Vielleicht weiß RayCon ja gar nichts davon!«

46.

»Darf ich mal? Achtung, bitte!«, war eine laute Stimme zu hören. Jemand in dem Geschiebe und Gedränge auf dem Gang versuchte, sich verständlich zu machen. Besucher und Teilnehmer drehten sich um. Das Foyer und die Kantine des Gebäudes namens »Casino« auf dem Gelände der RayCon AG war, wie immer Anfang des Jahres, zum ›Jugend-forscht‹-Zentrum umgestaltet worden. Banner, Fahnen, das volle Programm.

Die Preisverleihung würde später in der Kantine stattfinden. Das gläserne Foyer mit den imposanten Marmorsäulen beherbergte die identischen, exakt vier Quadratmeter großen Präsentationsstände. Die Teilnehmer und Teilnehmerinnen hatten freie Hand, was die Dekoration und Gestaltung innerhalb ihrer Stände betraf, solange sie ihren Nachbarn dabei nicht in die Quere kamen.

Der Stand Nummer 46 mit dem Titel: »Medizinische Anwendungsmöglichkeiten von Verdauungsflüssigkeit der tropischen Kannenpflanze Nepenthes« hatte seinen Platz auf der Fensterseite des Foyers mit Blick auf den Vorplatz.

Die zahlreichen Besucher des Landeswettbewerbs bildeten eine Gasse, um eine von Grünzeug verdeckte Gestalt durchzulassen. Es herrschte die angeregte, leicht nervöse Stimmung eines bevorstehenden großen Ereignisses.

Verwandte, Eltern, Lehrer, Schüler, junge und alte Wissenschaftler schlenderten durch die Gänge des Foyers und beobachteten die Vorbereitungen der Teilnehmer am Landeswettbewerb. Oder legten helfende Hand an. Das Foyer summte wie ein Bienenstock.

Auch Antonia begutachtete ihren Stand noch einmal und rückte eine der Zimmerpalmen, die sie mit Hans im Baumarkt erstanden hatte, in eine bessere Position. Sie seufzte. Die Pflanzen und das großformatige Transparent, das ihr Cousin Ben in Windeseile hergestellt hatte, machten sich gut, waren aber kein richtiger Ersatz für die echten Kannenpflanzen aus dem zerstörten Gewächshaus.

Knapp eine halbe Stunde bevor die Jury die Präsentationen in Augenschein nehmen würde, herrschte unter den Teilnehmern noch reger Gedankenaustausch.

Neben dem Stand mit der Nummer 46 hatte sich eine dreiköpfige Gruppe dem Thema »Honig« mit all seinen interessanten und vielseitig wirksamen Inhaltsstoffen verschrieben. Die drei Jungs waren ebenfalls ganz süß, fand Antonia.

Gegenüber hatten zwei Mädchen aus Bochum Stellung bezogen, die Gewässerverschmutzung mittels Kaulquappen einer einheimischen Froschart nachweisen konnten. Antonias Hinweis, dass die Tiere nicht unbedingt sterben müssten, weil dieser Nachweis auch chemisch zu erbringen wäre, quittierten die Bochumerinnen mit eisigem Schweigen und zusammengekniffenen Lippen.

Kurz darauf wurde Antonias Aufmerksamkeit von etwas anderem gefangen genommen: von den Kannen einer Nepenthes alata und einer Nepenthes tentaculata, die sich majestätisch wippend durch das Gedränge ihrem Stand näherten.

Das kann doch nicht sein … Will der etwa zu mir?, dachte Antonia und glaubte es erst, als das Gesicht von Richard Niederberg zwischen den saftigen Blättern der Pflanzen zu erkennen war.

»Da bist du ja!«, sagte er keuchend. Antonia konnte gerade noch das Laptop in Sicherheit bringen, bevor Niederberg die beiden Pflanzentöpfe auf den Tisch stellte und sich umsah.

»Hübsch«, sagte er beim Anblick der Dekoration. »Aber nicht gerade die Inselfauna von Borneo und Sumatra, die du hier aufgebaut hast. Wo sind diese Pflanzen her? Aus dem Baumarkt?« Er befühlte die angetrockneten Spitzen des Fächers einer Kokospalme. Dann lächelte er Antonia aufmunternd zu. »Gleich geht's los, richtig?«

»Ja«, stammelte Antonia, »aber, wie … ich meine …«

Plötzlich tauchte ein zweiter Kopf auf. Es war ihr Biologielehrer Rolf Herder, der ebenfalls einige Töpfe mit kleineren Nepenthes-Pflanzen trug.

»Wo soll ich mit dem Zeug hin?«, fragte Herder keuchend.

»Das ist kein ›Zeug‹, Rolf!«, tadelte Niederberg. »Hier sind noch ein paar meiner Jungpflanzen mit ungeöffneten Kannen.« Er wandte sich grinsend Antonia zu. »Ich dachte, du möchtest der Jury vielleicht ein Gläschen frische Verdauungsflüssigkeit zur Verkostung anbieten? Wenn sie wollen, darf die Jury sogar direkt aus den frischen Kannen trinken.«

Antonia war sprachlos. Sie sah gerührt zu, wie die

beiden Männer die Töpfe in ihr Dschungelbild zu integrieren versuchten.

»Aber das Zyperngras muss weg«, sagte Niederberg. »Das ist aus Madagaskar oder Afrika. Und die Cocos nucifera passt auch nicht wirklich dazu. Die nehmen zu viel Platz weg und stehlen den Nepenthes bloß die Show.«

»Ich schlage vor, diese beiden Pflanzen dem Veranstalter als Raumbegrünung zu vermachen«, ergänzte Herder und stellte die Töpfe mit der Palme und der Sumpfpflanze außerhalb von Antonias Stand an eine Marmorsäule.

Es dauerte keine fünf Minuten, dann hatte alles seinen Platz gefunden und die begeisterten Herren zogen Antonia aus dem Stand, damit sie die ganze Pracht vom Mittelgang aus bewundern konnte.

»Einfach … toll!«, war alles, was Antonia herausbekam.

»Das stimmt allerdings«, murmelte Niederberg selbstzufrieden. Die Kombination aus Bens großformatigen Drucken im Hintergrund, aus der Begrünung von Hans und den großen und kleinen Nepenthes-Pflanzen machte den Stand auffällig, interessant und einzigartig.

»Jetzt musst du nur noch präsentieren«, sagte Niederberg. »Nun muss ich aber mal eine rauchen gehen. Bis später, viel Glück!« Mit diesen Worten verschwand er in der Menge Richtung Ausgang.

Auch Herder wünschte Antonia viel Erfolg und sie bemerkte kaum, dass auch er in der Menge untertauchte, während sie ihrem Stand den letzten Schliff verlieh. Sie fuhr das Laptop hoch und überprüfte die PowerPoint-Präsentation, in der die Wirkstoffkombination der verschiedenen Kannenflüssigkeiten aufgezeigt wurden. Eine weitere Folie verglich diese Wirkstoffe mit den gängigsten Medikamenten gegen Magenkrankheiten. Es schien alles perfekt, bis –

Zunächst bemerkt Antonia den Aufruhr nicht, so konzentriert starrt sie auf ihren Bildschirm. Erst als jemand hart gegen den Tisch auf ihrem Stand gestoßen wird, fällt ihr auf, dass die Menschen alle in eine Richtung rennen! Und erst danach dringt das schnarrende Alarmsignal, das wie aus einem Science-Fiction-Film klingt, bis an ihr Ohr.

»Was soll das?«, ruft Antonia über den Lärm der Sirene und die Schreie der Flüchtenden hinweg.

»Chemie-Alarm«, ruft ein pickliger Junge, bevor er von der Menge Richtung Ausgang fortgetragen wird.

Antonia ringt mit sich. Soll sie den gerade erst perfekt eingerichteten Stand wirklich verlassen? *Vielleicht ist es nur ein Fehlalarm!*

Die Entscheidung wird ihr von einem Werkschützer abgenommen, dessen Gesicht Antonia schon gesehen hat. Es ist einer der Männer, vor denen sie auf dem RayCon-Gelände geflüchtet ist. Wenn sie sich recht erinnert, ist es der Gröbere und Gemeinere der beiden, der sie hinter dem Tresen ihres Stands hervorzerrt und in die schiebende und drückende Menge stößt.

»Aber ... mein Laptop!«, ruft Antonia verzweifelt. Sie hat es in der letzten Zeit nicht mehr aus den Augen gelassen. Besonders nach dem Einbruch hat sie keine Sekunde mehr ohne diesen Computer mit allen relevanten Daten darauf verbracht. Doch nun wird sie von dem Grobian mit den Worten: »Hier kommt nichts weg! Wir sind ja da!«, vom Stand in die Menge gestoßen. Wie eine Herde Lemminge kommen Antonia die Flüchtenden vor. Sie drücken und drängen Richtung Ausgang. Als sie um eine Ecke geschoben wird, kann Antonia erkennen, wie die Menschen durch die beiden zweiflügeligen Türen auf den Vorplatz des Casinos geschoben werden. Dort zerstreuen sie sich zögernd und verwirrt, während immer neue Menschen wie durch einen Trichter durch die Türen ins Freie drängen.

Für einen Augenblick wundert sich Antonia, wie viele Besucher und Teilnehmer das Gebäude ausspuckt, da fühlt sie plötzlich eine aufgeregte, vibrierende Kontaktaufnahme –»Wesen«:

° hinter die große stellwand mit dem flieger links von der garderobe schnell toni °

Isabella bombardiert Antonia mit Farben, Geruch und Geschmack. Alles davon signalisiert Gefahr und Antonia keucht erschrocken auf. Als sie begreift, dass ihre Schwester die Werbetafel einer Fluggesellschaft meint, mit der laut Aufschrift »der Sieger fliegt«, ist es fast zu spät. Die Menge schiebt Antonia langsam, aber stetig an der Stellwand vorbei, nur in letzter Sekunde kann sie sich mit ein paar energischen Knuffen aus dem Strom befreien und hinter der Stellwand verstecken.

* wo bist du bella *

° warte ich hole das laptop °

Die Verbindung zu ihrer Schwester reißt ab. Was nur heißen kann, dass sich Bella mindestens zwanzig bis dreißig Meter von Antonia entfernt aufhalten muss. Wahrscheinlich auf dem Weg zurück zum Stand, wo der Werkschutz die Menschen bereits evakuiert zu haben glaubt.

* aber was machst du denn hier bella *

Keine Antwort.

The person you have called is temporarily unavailable, denkt Antonia. Sie kichert, wagt einen Blick hinter der Werbetafel hervor und sieht, wie weitere Werkschutzleute die letzten Besucher aus dem Foyer treiben. Als die Gänge leer sind, künden nur noch zwei verschiedene Damenschuhe, beide hochhackig, eine Handtasche und ein paar fallen gelassene Broschüren auf dem Gang davon, dass hier bis vor Kurzem viele Menschen waren. Das Sicherheitspersonal funkt sich gegenseitig unverständliches Fachchinesisch zu. Dann verlassen auch diese Leute eilig das Gebäude. In Antonias Kopf formiert sich, neben der Angst vor dem Alarm, der immer noch durch Mark und Bein schnarrt, die neuerliche Sorge um ihre Schwester. Dann, endlich!, ist Bella wieder zu empfangen. Es schmeckt wie ein warmer Wind auf einer Wiese.

° ich habe den rechner und nun raus hier °

Das Gefühl der Verbindung ist sonnig und warm. Antonia wird an den Geruch von Pinienwald und einen Toscanaurlaub erinnert.

* wieso bist du nicht mehr im Krankenhaus *

° glaubst du im ernst ich lasse dich das hier allein durchziehen °

Antonia kann das Lachen ihrer Schwester schmecken und Freudentränen schießen ihr in die Augen. Sie kommt hinter der Wand hervor und rennt in den Gang, an dem ihr Stand ist. Sie will Bella in die Arme schließen und mit ihr zusammen – dann wird plötzlich alles im »Wesen« dunkel und kalt.

° oh scheiße °

Ein Schmerz durchzuckt Antonia, die den Schreck ihrer Schwester am eigenen Leib spürt.

147

* bella was *
° mist es ist der typ von °
Sie entfernt sich. Sie rennt!, begreift Antonia
Dann reißt »Wesen« ab. Diesmal endgültig, denn Bella muss etwas passiert sein. Schwere Schritte sind in den Pausen zu hören, in denen die Sirene nicht schnarrend Panik verbreitet. Antonia rennt um eine Marmorsäule herum. Fast stürzt sie über ihre eigene Kokospalme, die – umgerissen von der panischen Menge – bis hierher gerollt ist.

Am Ende des Gangs mit den Präsentationsständen steht eine Gestalt im weißen Kittel. Ein Mann. Am Boden liegt ein Körper, den Antonia sofort als den ihrer Schwester erkennt. »Wesen« ist verstummt, was bedeutet, dass Isabella nicht bei Bewusstsein ist. Der Kittel hat etwas über Bellas Kopf erhoben. Antonia rennt auf die beiden zu. Die Gestalt im Kittel ruft etwas. Der Mann schreit Bella an, das Laptop wie eine Waffe über den Kopf gereckt. Er will Bella zerschmettern!
»He!«, brüllt Antonia durch den Gang. Über die Sirene hinweg. So laut sie kann. »Lass meine Schwester in Ruhe, du Arsch!« Sie rennt. Die Wut verleiht ihr Flügel. Ihre Turnschuhe quietschen über den glatten Boden. Die Sirene trötet nicht mehr, also kann ihr nächster Schrei von der Gestalt nicht überhört werden.
»WEG! VON! MEINER! SCHWESTER! Du verdammter Scheißkerl!«
Der Mann dreht sich um. Wie hieß er noch? Antonia weiß es nicht mehr. Ihre Gedanken rasen. Sie ist noch nicht nah genug für das Namensschild. Aber WENN sie ihn endlich erreicht, wird sie ihm mit dem

Schildchen die Augen auskratzen und hinterher mit seinem Kittel den Boden aufwischen!

Etwas färbt sich rot und baut sich auf. Eine vulkanische Blase, die so heiß ist, dass sie alles um Isabella und Antonia herum verbrennen müsste. »Wesen« formiert sich neu. Bella wacht auf. Die Kräfte der Mädchen verschmelzen – nun reicht Sprache nicht mehr aus, um den Datenfluss der Zwillinge nachzuvollziehen.

Der Mann im weißen Kittel – ° ist quatschkowski ° lernt Antonia von Bella – ergreift mit dem Laptop die Flucht.

Durch Antonia strömt ein Gedanke, eigentlich ist es eher der gesamte bunte Inhalt eines ganzen Bilderbuchs, das bei den Zwillingen im Schrank steht. Die Fabel vom Hasen und vom Igel. Nur, dass sich innerhalb von Sekunden aus der Geschichte des vorlauten Hasen, der den Igel zum Wettrennen herausfordert, zusammen mit der Kenntnis des Gebäudeplans der RayCon eine Zwillingsstrategie entwickelt, die Quatschkowski ein für alle Mal zur Strecke bringen soll. Also rennt Antonia los. In die Richtung, aus der sie Sekunden zuvor noch auf den Kerl zugestürmt war. Die genaue Gegenrichtung seiner Fluchtroute. Isabella kommt auf die Füße. Orientiert sich. Ihr Kopfschmerz ist das Letzte, was Antonia empfängt, bevor Bella eine Route einschlägt, die man durchaus als Abkürzung bezeichnen kann.

46.

Hanna Broder ist völlig aus der Puste, als sie die letzten hundert Meter zum Casino durch die Menschen auf der großzügigen Zufahrt zum Gebäude endlich hinter sich gebracht hat. Sie rennt mit »Achtung bitte»s und »Weg da»s durch die Menge. Noch hat sie ihre Waffe nicht gezogen, aber lange wird es nicht mehr dauern, wenn diese verdammten Schüler, Eltern und Lehrer nicht schneller Platz machen. Diesmal ist ihre Dienstwaffe aus der Büroschublade mit von der Partie. Die Sorge um das Schicksal der beiden Cardascia-Mädchen, die Hanna und ihre Kollegin Stefanie Schäfer antreibt, ist so groß, dass sich Hanna zusammenreißen muss, ihre ohnehin spärliche Atemluft nicht mit wütendem Gebrüll zu verschwenden, um die im Weg stehende Menge auseinanderzutreiben.

Von den über zweihundert Werkfahrzeugen der Ray-Con AG waren über 87 weiß lackiert.

»Fast neunzig verdammte Autos!«, hatte Hanna frustriert festgestellt.

»Aber alle auf dem gleichen Platz geparkt. Mit Fahrtenbüchern. Das ist ein Kinderspiel!«, hatte Stefanie ihren unbeugsamen Optimismus verbreitet.

Von den 87 Wagen waren 23 mit der Aufschrift

»CropScience« und mit dem Ähre-und-Blatt-Logo versehen.

Es hatte bis kurz vor dem Alarm gedauert, herauszufinden, dass sich nur einer von sechzehn weißen VW-Bussen mit der Aufschrift »CropScience« in der werkseigenen Kfz-Werkstatt befand. Für jedes Fahrzeug aus dem Bestand der RayCon AG existierte ein Fahrtenbuch. In das hatte jeder Benutzer penibel jeden gefahrenen Kilometer mit Datumsangabe einzutragen. Für Wagen 012 war dieses Fahrtenbuch nicht mehr aufzufinden gewesen. Der Fahrer, der dem Bus die zu dem Unfall am Bahnhof passenden Lackschäden zugefügt hatte, war klug genug gewesen, das Fahrtenbuch mit dem eines anderen VW-Bus zu vertauschen. »Die 012 hat er verschwinden lassen«, hatte Hanna in der Wagenhalle festgestellt. »Und niemandem ist aufgefallen, dass das Fahrtenbuch nicht zum Wagen passt! Er spielt auf Zeit. Zeit, die wir nicht haben, Himmelsarsch!«

Stefanie Schäfer verlieh ihrer Enttäuschung nicht so lautstark Ausdruck. Hanna hatte ja recht. Es hatte dermaßen viel Zeit gekostet, bis zu diesem Punkt der Ermittlung zu gelangen, an dem endlich das Fahrzeug für den Anschlag und vermutlich noch weitere Taten sichergestellt werden konnten, dass es fürchterlich frustrierend war, den Täter nicht per Eintrag im Fahrtenbuch präsentiert zu bekommen. Aber hatte Hanna die Lösung wirklich auf so einfache Weise erwartet? Noch während sie darüber nachdachte und sich vornahm, sich ein paar der besten Flüche der Kommissarin zu merken, ging der Alarm los.

»Was ist das?«, hatte Hanna einen Mechaniker, der kurz vor der Rente zu stehen schien, angeblafft.

»Alarm«, sagte der Mann im Overall ungerührt.

Er wischte sich die ölverschmutzten Hände an einem dafür viel zu dreckig wirkenden Lappen ab.

»Dass das ein Alarm ist, weiß ich! Aber WAS für ein Alarm? Und wo kommt das her?«

Ein Achselzucken kassieren. Dann über das gesicherte Gelände bis zum Haupteingang rennen. Weit. Dort vom Stinkepförtner den Hinweis auf das Casino und den Chemiealarm bekommen. Ins Auto springen und über das heute öffentliche zugängliche Gelände bis hin zu den ersten Imwegstehern rasen. Dann notgedrungen aussteigen und wieder rennen, obwohl der erste Spurt noch immer Luft kostet. Himmel. Arsch. Verdammte. Scheiße!

Den Dienstausweis für den Werkschutz zücken. Die ganzen »Hier können Sie nicht reins«s, Kontaminationswarnungen und Wichtigtuereien ignorieren.

Hanna Broder braucht nicht lange, um Stefanie ihre Erkenntnis auf der kurzen Fahrt vom Pförtner zum Casino zu erklären: »Es ist einer von RayCon, der den Mädchen an den Kragen will.«

»Aber wieso?«

»Es hat mit dem ›Jugend-forscht‹-Ding der Mädchen zu tun«, antwortete Hanna der Fahrerin. »Im Casino läuft der Landeswettbewerb. Dieser falsche Alarm soll die Veranstaltung absichtlich unterbrechen.«

»Wieso ist der Alarm falsch?«, wollte Stefanie Schäfer wissen.

»Weil im Casino gar keine gefährlichen Experimente stattfinden, hat mir der Pförtner erzählt. Der Alarm muss also falsch sein. Vorsätzlich ausgelöst. Genaueres können wir gern den Täter fragen, wenn wir ihn haben. BEVOR er den Mädchen noch etwas antut!«

48.

»Ich bin schon da!«, schallte es ihm entgegen.

Er war schon viel zu weit gegangen. Der riesige Schlüsselbund klimperte beim Rennen schwer in seiner Hand. Als Quiatkowski das Mädchen zum dritten Mal erblickte, das eigentlich nicht dort SEIN KONNTE, wo es ihm gerade im Weg stand, blieb er schnaufend stehen. Drehte sich um, spähte in den Gang hinter sich und wusste, dass dort die andere kleine Nervensäge auftauchen musste, die ihm den Weg abschnitt. Sie waren wie Hase und Igel in Potenz. Und sie genossen ihre Rache ganz offensichtlich.

Quiatkowski keuchte, hielt das Laptop der Zwillinge, mit SEINER ENTDECKUNG in den verschwitzten Händen und machte noch einen Fluchtversuch. Er konnte nicht aufgeben. Zehn Mitarbeiter, in Spitzenzeiten sogar fünfzehn, waren an seinem Forschungsprojekt beteiligt gewesen. Natürliche Arzneimittel aus dem unerschöpflichen Schatz der Tropen. Das war sein Auftrag gewesen. Doch die Ergebnisse seiner Arbeitsgruppe waren weit hinter den Erwartungen zurückgeblieben.

Und dann waren diese verdammten Gören plötzlich in sein Labor marschiert und hatten ihm die Sache einfach in den Schoß gelegt! Die Wirkstoffkombination für gleich mehrere Krankheitsbilder. Aus der Verdauungsflüssigkeit der Nepenthes. Aus nur einer Pflanze! Das konnte er doch nicht zulassen! Zwar hatte die Chefetage sein Projekt mangels Erfolgen vorher bereits eingefroren. Aber die Mädchen hatten bewiesen, dass er recht hatte! Also hatte »Q« wie seine Kollegen und Freunde ihn nannten, sich sein Forschungsprojekt zurückholen wollen. Alles, was er dazu tun musste, war, die Mädchen daran zu hindern, ihre Ergebnisse hier und jetzt zu veröffentlichen …

»Ich bin schon da!«

Verdammt!, wieder sprang diese Göre aus dem Schatten einer Betonsäule. An einer Stelle, an der sie eigentlich nicht sein *konnte*. Doch nun hatte »Q«, alias Heinrich Quiatkowski endgültig genug! Er hob das Laptop wie eine Waffe über seinen Kopf. Wenn es sein musste, würde er es dem Mädchen, er würde es BEIDEN Mädchen –

49.

Kurz vor dem verschlossenen Haupteingang zum Casino trifft Hanna den Vater der Cardascia-Mädchen. Hans kann Antonia nirgends finden und macht sich Sorgen.

»Sie muss noch drin sein!«, befürchtet er und deutet auf den Komplex aus Glas und Stahl, den die in martialischem Schwarz gekleideten Werkschützer sichern.

Hanna ist dermaßen außer Puste, dass sie keine langen Fragen nach Erlaubnis oder Türschlüssel an die Sicherheitsleute verschwendet, sondern einen der schweren Standaschenbecher aus Edelstahl neben dem Eingang nimmt und ihn durch die Glastür wirft. Danach zieht sie ihre Waffe. In erster Linie zur Eigensicherung beim Betreten des Gebäudes. Aber auch, um weitere Diskussionen mit den aufgeregten Schwarzen Sheriffs zu unterbinden, die sie und ihre Kollegin entweder bei der Arbeit behindern oder tatkräftig unterstützen wollen. Denn beides ist den Beamtinnen nicht recht. Sie haben per Funk Unterstützung bei den Kollegen aus der Nachbarstadt angefordert.

»Bist du bereit?«, lautet die letzte Frage an Stefanie, bevor Hanna durch den Scherbenhaufen in das Foyer vordringen will.

»Ich bin soweit, wenn du soweit bist«, antwortet die Kollegin. Dann betreten sie das Gebäude.

155

50.

Etwas knallt in Quiatkowskis Rücken. Während er fällt, geht ihm auf, dass es das andere Mädchen sein muss. Sie ist ihm mit voller Wucht ins Kreuz gesprungen. Er stürzt mit dem Bauch schmerzhaft auf den riesigen Schlüsselbund, den er dem Pförtner der Außenanlage abgeschwatzt hatte. Das Laptop droht auf dem Boden zu zerbrechen, doch eins der Mädchen hechtet wie eine Volleyballerin herbei, um dies zu verhindern.

Zerschelle, verdammtes Mistding! Nimm alles mit, zerstöre es!, denkt Quiatkowski. Doch das Mädchen ist schneller. Sie stöhnt auf, als sie den Computer knapp über dem Marmorboden auffängt. Quiatkowski kann sie verstehen. Er hätte dasselbe getan. Sich jeden Knochen gebrochen, beide Arme aufgeschürft, einfach ALLES, um diese großartige Entwicklung in der biologischen Pharmazie zu retten.

Sein Kinn knallt auf den Boden. Das andere Mädchen sitzt schwer auf ihm. Das Vorletzte, was Heinrich Quiatkowski mitbekommt, ist, dass die Mädchen überhaupt nicht miteinander zu sprechen scheinen und sich trotzdem verständigen.

Das Letzte, was Quiatkowski mitbekommt, sind zwei aufgeregte Stimmen. Ebenfalls weiblich. Aber älter. Dann gehen bei ihm die Lichter aus.

Antonia liegt auf dem Boden. Das Laptop in den ausgestreckten Armen. Isabella sitzt auf dem Rücken eines Mannes im weißen Kittel.

Als Hanna und Stefanie mit gezogenen Waffen auf die Mädchen und ihren bewusstlosen Attentäter zurennen, rufen sie: »Wir sind schon da!« Und können sich absolut nicht erklären, warum die beiden bedrängten, ausgeraubten und bedrohten Schwestern wie Schulmädchen kichern und immer wieder prustend »Wir sind schon da« wiederholen.

»Muss der Schock sein«, vermutet Hanna leise. Stefanie nickt verständig und leitet die Verstärkung per Funk ins Gebäude.

51.

»Ich hab was für euch«, sagte Herder etwas später. Er öffnete seine Aktentasche umständlich. Dann zog er eine Klarsichtmappe mit bedrucktem Papier hervor.

»Was ist das?«, wollte Isabella wissen.

»Ein Antrag auf Patentierung der Nepenthes-Wirkstoffkombination«, sagte Herder.

Den Zwillingen blieb die Luft weg.

»Die Bearbeitung wird sicher noch eine Weile dauern. Aber der Antrag musste unbedingt vor der ersten öffentlichen Präsentation eingereicht werden, denn sonst wäre eine Patentierung nicht mehr möglich gewesen.«

Antonia blätterte in den Papieren. Sie las ihren und den Namen ihrer Schwester als Antragstellerinnen.

»Das haben Sie für uns getan?« Nun konnte sie die Tränen der Rührung nicht mehr zurückhalten. Erst die Pflanzen und dann das!

Herder räusperte sich verlegen. »Nun, eigentlich wollte ich es vor der Einreichung mit euch absprechen. Als Überraschung. Aber ihr beide wart ja in letzter Zeit anderweitig beschäftigt und ich dachte, die Überraschung ist vielleicht größer, wenn …«

Weiter kam er nicht, denn die Zwillinge flogen Herder um den Hals und umarmten ihn so fest, dass er keine Luft mehr bekam.

»Quatschkowski, dieser Spinner, er hätte also gar nicht von unseren Ergebnissen profitieren können?«, wollte Isabella wissen, als sich Herder endlich befreit hatte.

»Nein«, sagte er nachdenklich. »Von meinem Patentantrag konnte er ja nichts wissen. Nachdem Quiatkowski mit seinen Forschungen versagt hatte, dachte er wahrscheinlich, wenn er verhindern könnte, dass ihr eure Ergebnisse hier präsentiert, hätte er genug Zeit, seinen eigenen Antrag auf Patentschutz einzureichen.«

»Dann wäre die ganze Sache an RayCon gegangen«, sagte Isabella nachdenklich. »Ob die Firma davon weiß, dass Quatschkowski uns … na ja …«

»Das glaube ich nicht«, antwortete Herder. »Der Mann hat sehr wahrscheinlich auf eigene Faust gehandelt. Vielleicht, um seine Ehre als Forscher und seinen Job bei RayCon zu retten. Ich könnte mir aber vorstellen, dass sich der Konzern bald auf legalem Weg ganz offiziell mit euch in Verbindung setzen wird. Denn schließlich hat RayCon jahrelang nach dem gesucht, was ihr gefunden habt.«

Eine Lautsprecherdurchsage kündigte die Fortsetzung der Veranstaltung an. Das Summen und Brummen unter den aufgeregten Teilnehmern, Familienmitgliedern und Gästen wurde schlagartig intensiver. Die Jury würde sich in wenigen Minuten an die Aufgabe machen, die Präsentationen zu sichten. Alles strömte wieder ins Gebäude.

Herder nickte den Mädchen abwechselnd zu: »Ich wünsche euch beiden viel Erfolg! Wir sehen uns später bei der Preisverleihung.« Mit diesen Worten verließ er die Zwillinge, die rechts und links von Hans auf einer Mauer im Freien saßen.

Gloria gab den Mädchen einen Kuss. Sie war froh und erleichtert, dass die Bedrohung nun endgültig vorbei war. »Zeit für Gelato. Ich hole Eis!«, sagte sie.

»Ausgerechnet jetzt?«, wunderte sich Hans.

»Ich brauche unbedingt Zucker! Zucker ist gut gegen Stress!«, sagte Gloria und eilte los.

Hans zuckte gelassen mit den Schultern und sah Gloria nach.

* glaubst du wir haben eine chance zu gewinnen *

° keine ahnung diese honigjungs sind auch nicht schlecht °

* meinst du das projekt oder ihre hintern *

° haha sehr witzig °

* wieso denn der eine von denen mit den vollen lippen kann sicher gut küssen *

Es flirrte und summte bunt und aufgeregt zwischen Antonia und Bella hin und her, doch plötzlich stand Hans auf und sagte: »Moment, äh … Hört mal, ich weiß es übrigens.«

»Was?«, kam es in Stereo zurück.

»Dass ihr ohne zu sprechen miteinander kommunizieren könnt.«

* was weiß er was soll das heißen *

° nichts weiß er bleib ganz ruhig °

»Was meinst du denn, Papa?«, fragte Bella. Mit einem dermaßen unschuldigen Augenaufschlag, dass Hans unwillkürlich grinsen musste.

»Ich weiß von eurer … Standleitung.«

Er versuchte, so neutral wie möglich zu klingen. »Manchmal spüre ich sogar selbst etwas, wenn ihr das macht. Aber nur, wenn ich ganz nah bin. Oder zwischen euch. Gerade hat es ein bisschen nach Honig geschmeckt. Oder nicht?«

* er weiß es oh mein gott er weiß es tatsächlich *
° ich werd verrückt er kann es auch °
Grüngraue Gewissheit schimmerte zwischen den
Zwillingen. Die Mädchen wichen synchron etwas
von ihrem Vater zurück. Doch der setzte sich wieder
zwischen die Mädchen und legte ihnen seine Arme um
die Schultern. »Keine Angst. Ich kann nichts von dem verstehen,
was ihr austauscht. Nur Farben. Manchmal kann ich
was schmecken, selten empfange ich die Gerüche oder
Gefühle. Äußerst schwach. Als Beweismittel würde
das nicht zugelassen.« Wieder grinste Hans, als er
spürte und roch, wie sich die beiden wichtigsten Menschen in seinem Leben wieder etwas entspannten. Aus
dem Graugrün wurde ein Pastellton zwischen Grün
und Blau. Durchsichtig schimmernd, wie karibisches
Meerwasser. Hans wollte fragen, ob es den Mädchen
gut ging. Doch dann konzentrierte er sich und schloss
die Augen. Die Farbe wurde milchiger und wechselte
von dem karibischen in einen rostroten Ton. Die Mädchen hielten den Atem an.
° wie meint er das was hat das zu bedeuten °
* ich verstehe es auch nicht toni frag doch einfach *
»Papa, wie kommt das?«, fragte Antonia.
Hans atmete tief ein, dann erzählte er seinen
Mädchen etwas, das er bisher niemandem, nicht
einmal Gloria erzählt hatte. In Hans' Geschichte
spielte jemand namens Florian eine tragende Rolle.
Florian war sieben Minuten jünger als Hans und lebte in Sydney, Australien. Er hatte sich vor etwa drei
Jahren per E-Mail bei Hans in Hamburg gemeldet.
Die beiden hatten einen lockeren E-Mail-Kontakt
aufgebaut. Und eines Tages hatte Florian ein Foto

von seiner Frau Jane und den beiden Söhnen mit-
geschickt.

»Und?«, fragten Antonia und Isabella synchron.
Hans zückte wortlos seine Brieftasche und holte ein
gefaltetes Foto einer vierköpfigen Familie heraus. Das
Rotbraun des riesigen Monolithen namens Ayers
Rock im Hintergrund des Fotos entsprach exakt der
Farbe, die Hans den Zwillingen kurz zuvor gesendet
hatte. Der Fels leuchtete in der untergehenden Sonne
und Antonia wollte Hans schon loben für die exakte
Farbe, die er …

° toni ich werde verrückt siehst du das °
* florian ist sein zwillingsbruder *
° ja aber nicht nur das sieh dir die beiden kinder an
die jungs sind höchstens elf und sie sind °
° zwillinge °

Hans hatte die Augen geschlossen und sich konzentriert. Er erlebte ein sinnliches Symphoniekonzert.
Die Mädchen funkten einen bunten Sturm durch seine Sinne. Etwas, das er nie wieder vergessen würde.
Tränen liefen über sein Gesicht. Doch es war alles
andere als Trauer, die Hans empfand. Es war Tri-
umph. Seine Empfindung ähnelte der, die er beim
ersten Betrachten des Fotos der Familie vor dem Ayers Rock, dem größten Monolithen der Erde, gehabt
hatte.

»You are not alone!«, hatte Florian in der ersten
E-Mail geschrieben. Mehr nicht. Keine Hintergrund-
story. Keine Fakten, zunächst nicht. Sondern nur: »Du
bist nicht allein!«

Und damit hatte Florian genau den Nerv getroffen.
Das Gefühl einer unbestätigten Gewissheit, die seit
vielen Jahren durch Hans' Leben gegeistert war. Er

öffnete die Augen, denn es wurde plötzlich aufgeregt und laut auf der Mauer vor dem Casino.

»Das müssen wir unbedingt Herder erzählen. ›Wesen‹ ist vielleicht eine durch Generationen von Zwillingsgeburten verstärkte Art von Verbindung.«

»Wenn wir das nachweisen könnten, wäre das eine Sensation!«

»Unser nächstes Projekt!«

Die Zwillinge jubelten und fielen Hans um den Hals. Er bedauerte, dass das Konzert der Sinne so abrupt endete. Es kam selten genug vor. Dennoch war Hans dankbar, dass die Zwillinge laut miteinander gesprochen und ihn hatten teilhaben lassen.

»Wir müssen unseren Lehrer suchen«, sagte Antonia.

»Das müssen wir Herder unbedingt erzählen!«, wiederholte Bella.

»Aber zuerst kümmert ihr euch bitte um die Präsentation, ja?«, sagte Hans lächelnd.

Beide Mädchen zappelten aufgeregt herum und küssten ihren Vater auf die Wangen.

»Hier, nehmt das Foto von eurem Onkel mit.«

»Danke!«

»Viel Glück!«, rief Hans noch. Doch die Mädchen waren schon in der Menge verschwunden.

Hans setzte seine drahtlosen Bluetooth-Kopfhörer auf und schaltete die Musik auf seinem Smartphone ein. Amy Winehouse sang in »Wake Up Alone« darüber, ihr einsames Leben auf die Reihe zu kriegen. Es war sein Lieblingslied. Die Sonne schien und Hans driftete für einen Moment entspannt in den Song – bis Gloria ihn anstieß und er die Kopfhörer abnahm.

»Wo sind die piccoline?« Sie brachte vier Cornetto-Eishörnchen.

Für Gloria ist es nie zu kalt für Eis, fiel Hans wieder ein und er lächelte Gloria an. »Sie mussten zu ihrem Stand zurück. Die Jury hat mit ihrem Rundgang begonnen.«

Piccoline. »Winzlinge«, hatte Gloria die Mädchen damals immer genannt. Die liebevolle Bezeichnung von früher rührte Hans.

»Sie sind wirklich einzigartig, Gloria. Jede auf ihre Weise toll«, flüsterte er. »Ich bin echt stolz auf euch … alle drei!«

Gloria räusperte sich, reichte Hans ein Eis und fragte: »Was mach ich denn jetzt mit den anderen beiden?«

Hans pfiff zwei Jungs zu, die nicht weit von Gloria und Hans standen und sich unterhielten. Die beiden sahen auf.

»Wollt ihr Eis?«

»Klar!«, kam es einstimmig zurück. Sekunden später flogen die beiden Hörnchen den Jungs zu. Sie fingen sie geschickt auf und bedankten sich höflich. Gloria sah Hans an.

»Was ist?«, wollte er wissen.

»Nichts. Du bist nur so … unkompliziert!«, antwortete sie.

»Du meinst, nur ein blöder Gärtner oder wie?«, lachte Hans. Er hatte wirklich gute Laune und meinte es nicht ernst. Doch Gloria wurde ganz still und sah zu Boden.

»Was denn?«, fragte Hans, auf einmal besorgt. »Was hast du?«

Gloria sah besorgt aus, trotz der Tatsache, dass alles gut gelaufen war. Gloria schniefte und schüttelte den Kopf. Es kostete sie sichtlich Überwindung, zu antworten.

»Die Mädchen vermissen dich …«

»Ich bin doch nicht aus der Welt«, sagte Hans.

»Die zwei leben bereits ihr eigenes Leben. Die kommen schon klar. Alt genug sind sie.«

Gloria schwieg. Das Eis schien ihr nicht mehr zu schmecken. Erst nach einer Weile begriff Hans, was seine Ex-Frau ihm sagen wollte. Auch ohne Zwillings-Multi-Sinn-Übertragung. »Soll ich noch ein paar Tage bleiben?«

»Das wäre wunderbar«, antwortete Gloria.

Im Foyer des Casinos, am Präsentationsstand mit der Nummer 46, stieß Bella ihre Schwester lächelnd an und deutet durch die Glasfront: »Sieh mal!«

Antonia und Isabella beobachteten, wie Gloria ihren Mann auf der Mauer vor dem Casino küsste. Ihren Ex-Mann! Dann kam die Jury.

165

Danke!

Mein besonderer Dank für dieses Buch gilt Dr. Walther Enßlin. Er hat mich damals als Chemie- und Physiklehrer am Hildener Helmholtz-Gymnasium ertragen und mir später dennoch sehr hilfreich und geduldig Einblicke in die interessante Welt (und hinter die Kulissen) von ›Jugend forscht‹ gewährt. Dank Dr. Enßlin nimmt unsere Schule seit über 25 Jahren erfolgreich und vielfach mit Preisen ausgezeichnet an den Forscher-Wettbewerben teil.

Sandro danke ich für seine Hilfestellung bei italienischen Flüchen und Alltagssprache. Der ganzen Familie Cardascia für die leihweise Überlassung ihres klangvollen Nachnamens.
   Lea Nagel hat mir einfühlsam gründlich und professionell mit ihrer Meinung bei diesem Buch geholfen. Danke Lea.
   Auch an Karin, Gerd, Lynn, Krischan und Helga – euch allen vielen Dank!

Für diese überarbeitete Neuauflage des Romans waren Niklas Schütte bei der Covergestatung und Michaela Bielawski von publish4you bei Satz und Layout eine ganz besondere Hilfe. Vielen Dank – ich freue mich auf weitere Projekte.

Oliver Pautsch

OLIVER PAUTSCH

MONA
IST WEG

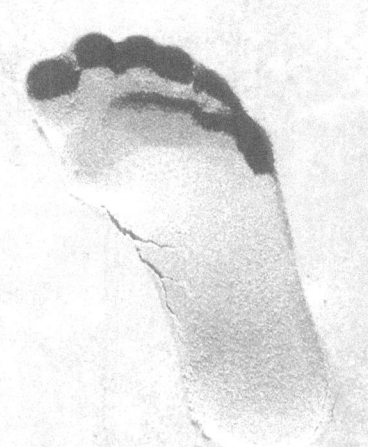

young thriller

Leseprobe
»Mona ist weg«

Mona ist unberechenbar und rätselhaft für Jan. Obwohl sie es versprochen hat, ist sie nicht zur Theaterprobe erschienen. »The person you have called is temporarily not available …« Jan kann den Spruch auf Monas Mailbox nicht mehr hören! Tausendmal hat er versucht, sie auf ihrem Handy zu erreichen. Doch Mona ist wie vom Erdboden verschluckt. Mona, in die er sich gerade erst verliebt hat …

young thriller – Spannung pur!

**Mona ist weg
(young thriller 01):**

1

ERSTE HEXE:
Wann kommen wir drei uns wieder entgegen,
im Blitz und Donner, oder im Regen?
»Macbeth« – 1. Akt, 1. Szene

August. Dritte Theaterprobe. Die Tür flog auf und
Jan rannte aus der Dunkelheit des Jugendzentrums.
Draußen war es gleißend hell. Hinter Jan stürzte ein
Verfolger aus der Tür. Er blutete aus der Lippe. Jan
stolperte über einen Blumenkübel, strauchelte auf die
Straße und bemerkte den Linienbus nicht. Er hatte
keine Ahnung, wie knapp der 782er ihn verfehlte,
seine Augen hatten sich noch nicht an die Helligkeit
gewöhnt.

Jan rannte durch brütende Hitze auf das Schulgelände und rüttelte an allen Türen vor dem Haupteingang des Gebäudes. Sie waren verschlossen, niemand
zu sehen, nur Mülleimer stanken in der Hitze. Jan
schrie auf. Er wollte zu Herder, seinem Biologielehrer!
Denk nach, Jannick! Schulferien, hörte er Mona.
So fröhlich wie früher. Monas Stimme in seinem Kopf
ließ Jan die Richtung wechseln und auf dem Weg in das
Internatsgelände hinter der Schule noch einen Zahn
zulegen. Obwohl er wegen der Hitze fast ohnmächtig

wurde. Die Zunge klebte in seinem Mund wie ein zu großer Kaugummi. Seine rechte Hand schmerzte. Auf den Fingerknöcheln brannten Abschürfungen. Wahrscheinlich war das Gelenk verstaucht. Jan hatte noch nie zuvor einen Menschen geschlagen, doch vor wenigen Minuten hatte er Macbeth niedergestreckt! Den Krieger einfach umgehauen. Mit einem Schlag!

Jan setzte über den kleinen Zaun zum Sportplatz und trampelte zwischen den Bänken am Spielfeldrand hindurch. Über Taschen von Footballern aus der Oberstufe, die mitten in ihrem Ferientraining waren. Die Spieler riefen Jan Flüche nach. Einer versuchte Jan auf dem Rasen zu tackeln. Doch vergeblich – der Kleine war viel zu schnell und schlug Haken wie ein Hase. Der Trainer brüllte die verschwitzten Footballer an, sich ein Beispiel an dem Jungen zu nehmen und endlich ihre faulen Hintern zu bewegen. Da war Jan bereits im Wald hinter dem Spielfeld verschwunden. An einem Montag, kurz nach fünf Uhr. Ende August des heißesten Sommers seit Jahren. Niemand in der Stadt bewegte sich schneller, als er musste. Die meisten bewegten sich überhaupt nicht mehr. Oder waren in den Ferien.

Jan rannte, als ginge es um sein Leben. Das entsprach nicht den Tatsachen. Nicht ganz. Doch seit einiger Zeit konnte er an nichts und niemand mehr denken als an Mona. Sein Hemd klebte nass vor Schweiß am Körper. Bäume und Sträucher hinterließen Striemen auf seinen Armen, Blätter und Gestrüpp in seinen Haaren. Jan bemerkte nichts davon. Er pflügte eine Schneise durch das Internatswäldchen, ohne einen Gedanken an Haut und Haar oder an seine Brille zu verschwenden, die ihm von einem Ast aus dem Gesicht gewischt worden war.

Ohne einen Gedanken daran, dass er auf seinem Weg bereits mehr Flüssigkeit verloren hatte, als es für einen Fünfzehnjährigen bei diesen Temperaturen gesund sein konnte, heulte Jan auch noch wie ein Schlosshund.

Wie ein Mädchen. Wie ein Verlierer!

Verlierer lässt man links liegen! Auch eine von Monas Weisheiten, die Jan nie ganz verstanden hatte. Weil sie unvermittelt die traurigsten Dinge sagen konnte, um Sekunden später lachend in die Hände zu klatschen und neuen Unsinn vorzuschlagen. Weil Mona niemals weinte. Weil Mona alles wusste. Weil Mona großartig war!

Der Wald neben dem Sportplatz des Internats wurde von einem hohen Drahtzaun begrenzt. Als »Vögelwäldchen« wurde er auf dem Pausenhof von den Älteren bekichert. Und Jan hatte damals tatsächlich an Eier legende Tiere mit Federn geglaubt.

»Ja, sicher«, hatte Mona gegrinst, »der Genoppte Präservativ nistet dort.« Bei Jan war der Groschen gefallen und er war blutrot angelaufen. Dann hatte Mona ihn freundlich angelacht: »Mach dir nichts draus, Jannick. Da gibt's sicher auch Amseln.«

Die verarscht mich! Total!

Kurz darauf hatte Jan sich in Mona verliebt. Noch nie hatte jemand ihn »Jannick« genannt. Er verliebte sich in Monas Locken. In ihr Lächeln. Besonders verliebte Jan sich in Monas freche Klappe. Mit dem Muttermal über der Oberlippe. Unsterblich. Nur wusste Jan es damals noch nicht. Er hatte gelacht und gehofft, dass niemand sah, wie er rot wurde.

Doch. Mona hatte es gesehen und gelächelt. Plötzlich schämte Jan sich nicht mehr. Und verliebte sich.

Er stolperte blindlings durch die Büsche. Seine Angst war kalter Panik gewichen. Keine Ahnung, warum er ausgerechnet in den Wald gerannt war. Nun fand er keinen Ausgang, kein Tor, nicht auf dieser Seite. Jan musste über den verdammten Zaun!

Beim ersten Anlauf machte er den Fehler, sich mit der verstauchten Hand festzuhalten, der Schmerz durchzuckte Jans Körper wie ein Blitz. Ihm wurde schwarz vor Augen. Er fiel rückwärts in den Dreck und bekam keine Luft. Nach der Strecke, die Jan zurückgelegt hatte, bei diesen Temperaturen und dem harten Schlag auf seine Lungenflügel, war es ein Wunder, dass er wieder auf die Füße kam. Blitze zuckten vor seinen Augen. Ohne Brille verschwamm der Drahtzaun vor ihm zu einer trüben Masse. Jan konnte kaum noch etwas erkennen. Er krallte sich mit der Linken in den Draht und rang nach Atem. Auf der anderen Seite des Zauns tauchte eine Gestalt in Form einer gebeugten, alten Hexe auf.

Ich bin die Erste Hexe!, brüllte Mona in seinem Kopf. Mit der Stimme einer Wut, die Jan von Mona nicht kannte. Die alte Dame auf der anderen Seite zuckte erschrocken zusammen, als Jan röchelnd hinter dem Zaun auf die Knie sank. Sie setzte zur Flucht an, doch von dem Jungen ging keinerlei Gefahr aus. Jan war nur verzweifelt und verwirrt.

»Sie ist weg!«, brüllte Jan durch den Zaun.

Was die alte Dame betraf, hatte er damit vollkommen recht.

174

»Wie siehst du denn aus? Bist du verprügelt worden?«
Jan stapfte schweigend zum Kühlschrank und setzte
unter den Augen seiner Mutter den Tetrapack Oran-
gensaft an die Lippen. Claudia Reiter war so erschrocken über Jans Anblick, dass sie darauf verzichtete,
ihren Sohn zu ermahnen ein Glas zu benutzen, wie
sie es vorher schon unzählige Male getan hatte. Ohne
Erfolg.

Jan trank aus, zerknüllte den Karton, ließ sich
auf einen Küchenstuhl neben dem Fenster fallen und
wischte sich schmutzigen Schweiß aus den Augen.
Erst jetzt bemerkte seine Mutter, dass Jan heftig atmete. Von seiner Stirn führte eine Spur geronnenen
Blutes in Richtung Augenlid. Jan verteilte sie mit einer
fahrigen Bewegung auf seiner ganzen Stirn, ohne es
zu bemerken.

»Was ist passiert? Wo ist deine Brille?« Claudia eilte mit dem Küchenhandtuch in der Hand zu Jan und
zupfte einen Zweig aus seinen Haaren.

Es war Claudia nicht entgangen, dass ihr Sohn in
letzter Zeit Probleme zu haben schien. Über die er
nicht sprechen wollte. Nicht mit ihr oder seinem Vater. Auch jetzt schwieg Jan mit zusammengebissenen
Zähnen. Er ging in Deckung, als sie die blutige Kriegs-
bemalung von seiner Stirn wischen wollte.

Es gab Claudia jedes Mal einen Stich, wenn der
Junge ihrer Umarmung oder einem Kuss aus dem Weg
zu gehen versuchte. Ihr Mann hatte dafür Verständ-
nis, wie für fast alles, was sein Sohn in letzter Zeit tat.
Oder nicht mehr tat.

»Der Junge wird erwachsen«, war Dieters Stan-
dardspruch. Und obwohl er vom Horrortrip seiner
eigenen Pubertät berichtet hatte, wurde Claudia beim

Anblick ihres Sohnes klar, dass mit Jan etwas passierte, das weit über erste Pickel und pubertären Kleinkram hinausging. Das hier war groß!

Jan wehrte sich nicht, als sie seine Stirn mit dem feuchten Küchenhandtuch abtupfte. Er ließ sogar zu, dass sie ihm das wirre Haar glatt strich und einen Kuss auf seine Stirn drückte. Claudia hatte ihren Sohn noch nie so gesehen. In seinem Gesicht stand Verzweiflung.

Jan konnte es nicht mit einem lockeren Spruch überspielen, um einer Diskussion aus dem Weg zu gehen. Eine schlechte Angewohnheit, die er von seinem Vater geerbt haben musste.

Jan saß auf dem Küchenstuhl, starrte aus dem Fenster und ließ sich von seiner Mutter im Arm wiegen. Doch Claudia konnte die ungewohnte Nähe zu ihrem Sohn nicht genießen. Dann, plötzlich, brach es aus Jan heraus. Ein Schluchzer schüttelte seinen Körper und erfüllte Claudia mit Furcht. Ihre Sorge ließ die Frage etwas zu scharf und laut klingen. Aber sie musste einfach erfahren, was Jan zugestoßen war: »Was ist mit dir los!?« Claudia riss sich zusammen, um ihren Sohn nicht ungeduldig zu schütteln.

Es dauerte eine Weile, bis Jan Luft bekam. Dann – endlich! – rückte Jan mit der Sprache heraus.

»Mona ist weg!«

JULI – THE PERSON YOU HAVE CALLED ...

»... is temporarily not available.«

Jan musste sich beherrschen, um das verdammte Handy nicht an die Wand zu werfen. Mona hatte Jan

seit Tagen und Wochen mit Spielchen und Kontakt-
sperren wahnsinnig gemacht. Weich gekocht!

Seine kleine Schwester sah vom Boden auf. Nina
lag vor einem Puzzle in Jans Zimmer auf dem Teppich.
Die dumme Kuh hatte noch nicht einmal die Ränder
fertig!

»Schaff den Scheiß aus meinem Zimmer!«, fuhr
Jan sie an und latschte auf dem Weg zur Tür absichtlich
über die erste fertige Ecke von Ninas Pferdepuzzle.

»Ich kann nix für deinen Liebeskummer, Brillo!«,
hörte Jan, bevor er seine Zimmertür zuknallte, dann,
vom Flur aus, Ninas Schluchzen. Sofort tat ihm seine
kleine Schwester leid. Sie konnte ja wirklich nichts für
seine Launen. Jan hatte Nina erlaubt, ihr Geburts-
tagsgeschenk auf seinem heiligen Boden auszubreiten.
Schließlich hatte Jan das größere Zimmer. Das Puzzle
mit Pferden auf einer Koppel war sein Geschenk für
Nina, sie war verrückt nach so was. Doch seine unbestimmte Angst um Mona schnürte Jan die Brust zu,
machte ihn wütend! Auf alles und jeden! Jan konnte
nicht mehr schlafen. Deshalb konnte er nicht mehr
denken. Eine dunkle Wolke war über ihm aufgezo-
gen. Und obwohl er wusste, dass seine ganze Familie
darunter zu leiden hatte, funktionierte Jan nur noch.
Wie eine Maschine. War zur Schule gegangen, hatte
letzte Arbeiten geschrieben. Gefährdete kurz vor den
Ferien seine Versetzung und enttäuschte den Biologielehrer. Enttäuschte Herder, der große Stücke auf ihn
hielt. Jan fühlte sich beschissen.

Nicht nur, weil er seine Eltern und Nina quälte und
seinem Lieblingslehrer nicht mehr in die Augen sehen
konnte. Sondern weil er Mona nur noch bei den Thea-
terproben im Weveler Hof zu sehen bekam. Mona

hatte ihre Kontaktsperre ohne Begründung verhängt. War Jan in den Pausen aus dem Weg gegangen. Hatte die Hexe nicht nur auf der Bühne, sondern jeden Tag gespielt! Und Jan hatte nicht die leiseste Ahnung, was er falsch gemacht hatte.

Anna Weiß war begeistert von Monas Darstellung, sie leitete die Theatertruppe im Zentrum. Jan hatte nur wegen Mona mit dem Mist angefangen. »Macbeth« – ein alter Schinken von Shakespeare. In einer Sprache, die keiner kapierte. Mit einer Story, die allen Beteiligten zu hoch war. Männer, die sich mit Schwertern den Schädel spalteten. Verrat und Mord. Drei Hexen mit komplizierten Sprüchen, eine total durchgeknallte Lady Macbeth. Blutrünstiger Unsinn, fand Jan. Nur wegen Mona hatte er überhaupt mitgemacht. Mona hatte Jan in die Truppe geholt. Mona wusste über Shakespeare und Theater Bescheid. Sie hatte Jan für den Hintergrund des Stücks zu begeistern versucht. Jan hatte sich alle Mühe gegeben zu verstehen, worum es ging. Doch er war kein Schauspieler. Er wollte nur so oft wie möglich bei Mona sein. Jan war verliebt in Mona. Theater war ihm egal.

Er zog die Wohnungstür leise hinter sich zu, damit keine Fragen aus Küche oder Wohnzimmer gestellt werden konnten. Er wollte allein sein, eilte aus dem dritten Stock durch den Hausflur ins Freie, lief über die Straße zur Bushaltestelle und freute sich auf die stillen Räume des Aquazoos. Seine Räume für Träume. Sportskanone, Schauspieler oder Rockstar war nicht Jans Ding. Basketball spielte er kaum noch. Jan wollte Biologe werden.

Herder, sein Lieblingslehrer, hatte Jan im Unterricht mit einer beeindruckenden Rede darauf gebracht: »Morgen, Leute. Ich weiß, dass ihr an diesem Fach nicht besonders interessiert seid, denn Sexualkunde ist schon lange durch ... Ihr benutzt doch Kondome, oder?«

Ein Lachen ging durch die Klasse. Zwischenrufe und Pfiffe. Herder schrieb eine Formel an die Tafel und drehte sich um. »Deutschland sucht ... ach was, die ganze *Welt* sucht den Superstar. Aber wer oder was ist eigentlich ein Superstar?«

Unter Gelächter wurden verschiedene Namen gerufen und einige Lieder aus der aktuellen Staffel gesungen. Herder hörte sich das an, dann sorgte er mit einer Handbewegung für Ruhe. »Letztes Jahr ist Simone Schwerfel an Krebs gestorben. Erinnert ihr euch an diese Mitschülerin? An Simone? Die Rothaarige?«

Schlagartig wurde es totenstill. Herder fuhr sachlich fort: »Simone Schwerfel litt an Blutkrebs, oder anders gesagt, an einer chronischen Form der myeloischen Leukämie, auch CML genannt.«

Eisige Stille im Raum. Herder deutete auf die Tafel. »Dies ist die Formel eines amerikanischen Superstars, Leute. Für ein neues Medikament gegen Simones Krankheit. Der Erfinder ist Wissenschaftler.«

»Wieso musste Simone dann sterben?«, rief jemand aus der vierten Reihe wütend. Jan drehte sich um, genau das wollte er ebenfalls wissen.

Herder sah traurig aus. »Ihr könnt mit Singen und Tanzen Karriere machen oder eure Schulmannschaft nach vorn bringen. Ihr könnt in Sport und Unterhaltung ganz groß werden. Aber das macht keinen Einzigen von euch zu einer wichtigen Person oder gar zu einem Superstar. Echte Superstars existieren nur in der Wissenschaft!«

Herder deutete auf die Formel an der Tafel, bevor er sie wegwischte. »Dieses Medikament ist erst seit wenigen Wochen auf dem Markt. Forschung und Wissenschaft spielen leider immer gegen die Zeit. Wir brauchen noch viele neue Stars, um Probleme wie dieses zu lösen.«

Ein Mädchen hinter Jan schniefte leise.

»Wenn ich eure Gefühle verletzt haben sollte, tut es mir leid. Mein Beispiel soll nur verdeutlichen, dass wir im Unterricht keine Zeit verschwenden werden. Um Grundlagen für möglichst viele zukünftige Stars zu schaffen … Vielen Dank für eure Aufmerksamkeit. Warum ihr nicht rauchen sollt und was die Sonne auf eurer Haut anrichten kann, wird Thema der nächsten Stunde sein. Aber fürchtet euch nicht!« Damit warf Herder den Tafelschwamm ins Waschbecken und ging.

Jan blieb sitzen, während seine Mitschüler murmelnd den Raum verließen.

Erik neben ihm sprang wütend auf. »Der Herder spinnt doch!«

»Wieso? Er hat Recht«, gab Jan zurück.

»Hast du sie noch alle? Der zieht die ›Nur Wissenschaftler sind Superstars‹-Nummer in jedem seiner Kurse durch. Weiß ich von meinem Bruder.«

Doch Jan hatte Herder verstanden. Glaubte er zumindest.

»Herder will Interesse für sein Fach wecken.«

»Mit toten Mitschülern, denen man erst hätte helfen können, als es zu spät war?«, schnaubte Erik.

»Ja«, nickte Jan, »weil es niemals zu spät ist.«

Der Gong ertönte. Während die Jungs vom Biologieraum in den Flur einbogen und im Strom der Pausenwütigen auseinandergetrieben wurden, rief Erik hinter Jan her: »Du bist bekloppt. Weißt du das?« Jan reckte seinen Mittelfinger Richtung Decke. Hinter seinem Rücken konnte er Eriks meckerndes Gelächter hören.

Die Räume des Aquazoos waren dunkel und angenehm kühl. Becken mit Fischen, Reptilien und Amphibien waren beleuchtet und temperiert, den Bedingungen der verschiedenen Lebensräume angepasst. Sie leuchteten wie Fenster ferner Welten in die stillen Gänge. Außer Jan schienen an diesem frühen Nachmittag im Juli kaum Besucher im Zoo zu sein. Besonders den Terrarien mit Reptilien und Amphibien gehörte Jans Leidenschaft. Er wanderte begeistert durch die dunklen Räume mit den faszinierenden Ausblicken in fremde Welten: Wüste. Savanne. Die Tropen. Tiere unter und über Wasser. Für jeden Lebensraum ein Fenster in die andere Welt. Jan konnte nie genug davon bekommen. Er klebte an den Scheiben und drückte sich die Nase platt, bis er eine Stimme hinter sich hörte: »Hey, Professor!«

In der Mitte des Raums mit tropischen Fröschen befand sich eine Bank aus dem gleichen dunklen Stein, aus dem auch Wände und Boden des Zoos bestanden. Mona lehnte sich vor und betrachtete Jan mit einem amüsierten, aber auch müden Ausdruck im Gesicht. Jans Herz machte einen Satz! Seine Gedanken ebenfalls: *Hey! Wo warst du? Warum lächelst du so? Woher weißt du, dass ich hier bin? Darf ich dich küssen? Bleibst du bei mir? Oder haust du gleich wieder ab?*

Wo warst du? Darf ich dich umarmen? WO ZUM TEUFEL warst du?

»Hey.« Jan stand auf, stellte sich neben Mona und versuchte gelassen zu wirken. Cool.

»Ich war noch nie hier.« Mona kicherte. »Sollen wir 'n paar von den Quakern aufblasen? Ich hab Strohhalme dabei.«

»Hast du nicht!«

»Nee. War nur 'n Scherz.«

Jan führte Mona zu einem Terrarium neben der Bank. Er deutete auf einen winzigen gelben Frosch, der Jan und Mona bewegungslos durch die Scheibe ansah.

»Phyllobates terribilis«, sagte Jan.

»Ziemlich gelb, der Kleine. Ist er bei der Post?«, grinste Mona. »Der könnte auf meinem Daumen sitzen.«

»Wenn du den Daumen danach ableckst, würdest du sterben«, antwortete Jan.

Mona beugte sich vor. Interessiert beobachtete sie den Frosch. »Ehrlich?«

»Indianer in Südamerika tragen diese Frösche in kleinen Bastkörben bei sich. Sie reiben ihre Pfeilspitzen über den Rücken des Froschs und jagen damit. Wer getroffen wird, stirbt. Es gibt kein Gegengift!«

»Uhh«, sagte Mona, während der tödliche Zwerg auf winzigen Beinen Deckung hinter einer Wurzel suchte. Ende der Vorstellung. Mona grinste. »Hey, ein Witz: Was ist grün und wird auf Knopfdruck rot?«

»Frosch im Mixer«, sagte Jan. Den kannte er und lachte nicht. Sondern sah Mona unendlich traurig an. Kein guter Witz. Kein guter Tag.

»Du stehst auf diese Sache, oder? Froschmann?«

Jan schwieg und sah zu Boden.

Ich steh auf dich, Mona! Nenn mich doch wieder Jannick, so wie früher. Ich kann den Weichspüler aus deinen Klamotten riechen. Ich kann DICH riechen! Und weiß genau, wie dein Kuss geschmeckt hat. Du hast gelacht, in diesem kleinen Wäldchen. Im Knutschparadie ... Du hast den Wald doch umgetauft! Mann, haben wir gelacht! Ich vermisse dich! Gehe meiner ganzen Sippe auf den Sack. Weil du mir fehlst. Was ist denn bloß passiert?

»Alles klar bei dir?«, fragte Jan vorsichtig.

»Ja ... nee. Nicht wirklich.« Mona hatte Ränder unter den Augen, die Jan vorher nicht aufgefallen waren.

»Was ist denn?«

Mona stand auf und entfernte sich ein paar Schritte von Jan. Klopfte an eine Scheibe, sah in das Terrarium und wandte sich Jan zu. Der immer noch nach den richtigen Worten suchte. »Wo ist der denn plötzlich?«

»Versteckt sich. So wie du.«

Jan kapierte den Fehler, bevor sein Spruch bei Mona ankam. Ihr Gesicht verdunkelte sich.

Gleich wird sie »Arschloch« sagen, so wie Nina eben. Ich benehme mich ja auch wie eins!

Doch während Jan die Luft anhielt, murmelte Mona: »Wird schon seine Gründe haben zu verschwinden.« Dann klopfte sie an die Scheibe: »Hallo! Komm wieder raus! Wir benutzen Strohhalme nur zum Trinken, versprochen!«

Jan lachte auf. Viel zu laut. Kam sich wie ein Idiot vor und folgte Mona zur Bank zurück. Sie küsste Jan auf den Mund. Ihre Zunge streichelte ganz vorsichtig über Jans Lippen. Es war wunderbar, doch Jan konnte es nicht genießen. Er küsste ihr Muttermal über der Oberlippe, vergrub seinen Kopf in ihrem Haar und machte sich Sorgen, ohne begründen zu können, warum. Ein mulmiges Gefühl. Ein Klumpen in seinem Magen, der seine rasende Verliebtheit seit einiger Zeit zu erdrücken drohte. »Was ist los mit dir, Mona?«

»Du wiederholst dich, Froschmann«, lächelte Mona und stand auf. »Wir sehen uns auf der Probe.«

Mona war noch nicht ganz aus dem Raum, als Jan ihr hinterherrief: »Hey! Weißt du, was wirklich grün ist?« Sie drehte sich um.

»Hoffnung ist grün.«

»Wieso ist der Frosch dann gelb?«, fragte Mona. »Der ist giftig!«, antwortete Jan.

»Das bin ich auch«, sagte Mona und verschwand.

Es war das Letzte, was Jan von Mona gerochen, gefühlt, geschmeckt, gesehen und gehört hatte. Jan traf Mona nicht auf der dritten Probe. Er sah sie überhaupt nicht mehr. Und seine Angst sollte später noch viel größer werden als die unbestimmte, dunkle Ahnung im Aquazoo.

Mona ist weg (young thriller 01) – ISBN: 9783848256488
Überarbeitete Neuausgabe –
erstmals unter dem Titel »Mordgedanken« erschienen
im Thienemann Verlag, Stuttgart und Carlsen Verlag, Hamburg
© 2018 Oliver Pautsch
Herstellung und Verlag: BoD – Books on Demand, Norderstedt

OLIVER PAUTSCH

SIE KRIEGEN DICH

young thriller

Leseprobe
»Sie kriegen dich«

Ben hat Angst. Panische Angst. Seit Monaten haben Achim, Hakan und Turbo es auf ihn abgesehen: sie lauern ihm auf und zocken ihn ab. Eines Tages wird einer seiner Peiniger tot aufgefunden – mit Bens Handy in der Tasche. Plötzlich steht Ben unter Mordverdacht. Was soll er tun? Kein Mensch wird ihm glauben, dass er unschuldig ist!

**Sie kriegen dich
(young thriller 02):**

PROLOG –
TONBANDPROTOKOLL

»Für die Akten ... zum Zeitpunkt dieser Tonbandaufnahme ist es Mittwoch, der 23. Juni, Uhrzeit, Moment ... 17 Uhr 25. Mein Name ist Hauptkommissar Joachim Breidenbach. Ist der Befragte, Benjamin Terjung, mit der Tonaufzeichnung seiner Aussage einverstanden? ... Benjamin, du musst etwas sagen. Ich brauche dein Einverständnis zur Aufnahme auf Band. Nicken genügt nicht. Na los, sag was!«

»Oh, äh, das geht klar.«

»Du bist mit einer Aufzeichnung einverstanden?«

»Ja.«

»Anzeige von Benjamin Terjung gegen Unbekannt wegen räuberischen Diebstahls. Benjamin, du bist gerade fünfzehn geworden?«

»Am elften Mai.«

»Ist dir klar, dass du eingeschränkt rechtsmündig bist?«

»Nein. Was heißt das?«

»Dass du mir nur die Wahrheit erzählen solltest. Also, was ist gestern passiert?«

»Ich wurde verprügelt und dann wurde mir das Rad geklaut. Ich war auf dem Weg von der Schule nach Hause.«

»Kannst du den oder die Täter beschreiben?«

»Sie waren zu dritt. Das habe ich aber erst später kapiert.«

»Wieso?«

»Weil sich mir zuerst nur der ... der Türke und der dünne Typ in den Weg gestellt haben. Der Dünne ist mir vors Rad gegangen.«

»Er ist dir vors Rad gelaufen, meinst du?«

»Nein, das war Absicht. Der hat mich angesehen und sich mir in den Weg gestellt. Ich wollte ausweichen, er ist wieder in meinen Weg gesprungen. Ich bin langsamer geworden und dann sind wir beide gestürzt.«

»Du hast den Jungen also angefahren und bist vom Rad gefallen?«

»Eben nicht! Ich hab den nicht angefahren, der hat nur so getan. Aber das haben der Typ und der Türke dann dauernd gebrüllt.«

»Was haben sie gebrüllt?«

»Na, dass ich den umgefahren hätte. Ich hätte das extra gemacht, hat der Kleinere immer wieder gerufen, hat sich richtig reingesteigert und ist total ausgeflippt.«

»Und der türkische Junge war ein Zeuge?«

»Nee, das war nur 'ne Show. Ein Trick. Die kannten sich und wollten mich abzocken.«

»Du willst damit sagen, dass der dünne Junge und der Junge, den du ›Türke‹ nennst, sich dir absichtlich in den Weg gestellt haben?«

»Nicht beide. Nur der Dünne, damit ich ihn umfahre. Dem hat aber überhaupt nichts gefehlt. Der hat mich später sogar noch umgehauen.«

»Was ist mit dem Dritten?«

188

»Sie glauben mir kein Wort, oder?«

»Du sagtest, sie waren zu dritt.«

»Nachdem der dünne Typ den Streit angefangen hatte, fing der Türke damit an, dass er mein Rad *konferieren* will, oder so.«

»Das hat er gesagt?«

»Ich bin nicht sicher. Ich hatte tierische Angst.«

»Hat er vielleicht ›konfiszieren‹ gesagt?«

»Kann sein.«

»Weißt du, was er mit ›konfiszieren‹ meinte?«

»Nee, ich hab nur begriffen, dass er mir das Rad abnehmen wollte. Das waren Asis. Dann hat mir der Dünne noch eine reingehauen und weg waren sie. Mit dem Rad, natürlich.«

»Was war mit dem dritten Täter?«

»Dem Fettsack?«

»Benjamin, es wäre hilfreich, wenn du die äußerliche Erscheinung der Täter genauer beschreiben könntest, als ›der Dünne‹, ›der Türke‹ und ›der Fettsack‹. Geht das?«

»'tschuldigung.«

»Erzähl weiter. Besondere Merkmale?«

»Also, der Dünne trug ein schwarzes Kapuzenshirt mit so 'nem chinesischen Zeichen drauf.«

»Yin und Yang vielleicht?

»Kann sein.«

»Das Tai-Chi-Zeichen, ein Kreis mit zwei ineinander fließenden Wellen? War es das?«

»Ich kenn mich da null aus.«

»Also weiter.«

»Können wir 'ne Pause machen?«

»Wir haben doch gerade erst angefangen!«

»Bitte. Ich muss pinkeln.«

»Von mir aus ... Beeil dich.«
Stühlerücken, dann klackt es, als der Kassettenrekorder abgeschaltet wird.

FREITAG

EISKALT

»Weber hat die Leiche angefasst«, rief eine Stimme aus der Menge der Schüler, die sich um den Tatort drängten.

Sofort entstand ein Tumult auf dem Schulhof.

»Hab ich nicht!«, brüllte Weber zurück und wollte sich auf den Denunzianten stürzen. Gegenüber dem Haupteingang des Schulgebäudes flatterten Krähen protestierend in den Himmel.

Polizeiobermeister Kürten versuchte die aufgeregten Schüler unter Kontrolle halten. Im Schnee waren bereits mehr als genügend Spuren, die niemals zugeordnet werden konnten.

Scheißkalt, dachte Kürten und sah sich um. Die Schneedecke lag völlig zertrampelt vor ihm. Er hatte die Kripo über Funk angefordert. Sofort, als er den toten Jungen im Müllcontainer neben dem Haupteingang des Gymnasiums gesehen hatte. Ein grauenhafter Anblick. Die Kollegen sollten bereits vor einer halben Stunde angekommen sein. Der plötzliche Wintereinbruch hatte die ganze Stadt überrascht.

Nur zu gern hätte Kürten den Deckel des Müllcontainers geschlossen, um den Schülern den grauenhaften Anblick zu ersparen. Doch er wollte keine Spuren vernichten.

»Weber hat ihn angepackt«, brüllte der Schüler

erneut, der einem Frettchen glich. Der beschuldigte Weber drängte wie ein Eisbrecher durch die Menge und ging auf den Schreihals los. Das Frettchen fiel in den Schnee vor den Mülltonnen. Weber stürzte sich auf ihn, er war größer und schwerer. Das Frettchen quiekte erschrocken.

Weber ist zu dick, dachte der Polizist und zerrte die Jungen auseinander. Weber hatte ganze Arbeit geleistet: Das Frettchen war mit dem Kopf auf den Boden aufgeschlagen. Sein Blut im Schnee vor dem Container sah schlimm aus. Ein roter Fleck, wie von einem toten Tier. Kürten drückte ein Taschentuch auf die Kopfwunde des Jungen, um die Blutung zu stillen. Das Frettchen schrie wie am Spieß, hinter dem Polizisten begann Weber zu weinen.

»Hab nix angefasst, ehrlich! Ich wollte nur an die Tonne!«

»Verständigen Sie einen Arzt«, rief der Polizist einem älteren Lehrer zu, der vor dem Müllcontainer stand. Doch die Aufsicht konnte sich vom Anblick der Leiche nicht lösen.

In den aufgerissenen Augen des toten Jungen waren Schneeflocken geschmolzen und auf dem Weg über die Wangen wieder gefroren. Der Tote lag im Müllcontainer zwischen blauen Plastiksäcken und losen Papieren, die seine Schultern und den Brustkorb bedeckten, mit Blick in den Himmel und der Schnee fiel ihm ins Gesicht. Sein Körper inmitten des Mülls verrenkt, wie nur Leichen verdreht sein können, wenn sie erstarren. Oder, wie in diesem Fall, zu einer grausigen Momentaufnahme gefroren waren.

Kürten verfluchte sich, allein zum Fundort gefahren zu sein. Doch seit dem Wintereinbruch war das Chaos auf den Straßen kaum noch zu bewältigen gewesen. Alle Kollegen waren unterwegs und Kürten war auf sich allein gestellt. Er vermied den Anblick der gefrorenen Leiche und holte eine Rolle Absperrband aus dem Kofferraum, obwohl es für die Sicherung des Tatorts bereits zu spät war. Das würde Ärger mit den Kollegen von der Kripo geben.

Schülerinnen und Schüler stapften schweigend, manche weinend, durch den Schnee vor dem Container neben dem Haupteingang des Gymnasiums. Einige umarmten sich in Schock und Trauer. Ein dürres Mädchen mit Zöpfen erbrach sich in die Büsche neben dem Gebäude. Mitschülerinnen stützten sie.

Die verwischen alle tatrelevante Spuren, dachte Kürten. »Tun Sie endlich was! Schaffen Sie die Kids hier weg«, rief er dem Lehrer zu, der immer noch völlig überfordert herumstand. Dann wurde das Frettchen bewusstlos. Kürten winkte zwei kräftigen Jungs herbei und wies sie an, den Ohnmächtigen in die Pausenhalle zu bringen, als der mehrstimmige Klingelton eines Handys ertönte. Die Melodie kam Kürten bekannt vor, doch es wollte ihm nicht einfallen, woher. Das Handy verstummte kurz, dann begann die Melodie von vorn. Schüler stapften durch den Schnee und zerrten iPhones, Samsungs und Huaweis aus Taschen und Mänteln.

Natürlich, das ist von Robbie Williams, dachte Kürten und sah sich um. Es klingelte immer weiter.

In einer anderen Ecke des Pausenhofs sahen sich Zwillinge erschrocken an, als die Melodie erneut ertönte.

»Das ist doch ... *She's The One*«, flüsterte Antonia, die dreißig Minuten ältere und drei Zentimeter größere der beiden Schwestern.

»Benjamins Handy«, antwortete Bella, »den Klingelton hat er am Computer selbst eingespielt.«

Trotz Ihrer unterschiedlichen Frisuren sahen sich die beiden erschrockenen Mädchen sehr ähnlich.

Kürten folgte der Melodie, und mit jedem Schritt wuchs seine Gänsehaut. Der Klingelton kam aus dem Metallcontainer, in dem der tote Junge lag. Kürten hörte in den Container und vermied den Anblick des Jungen, wollte die blassen toten Augen nicht sehen. Doch er musste in die Tasche des Jungen greifen. Denn immer wieder dudelte die Melodie. Kürten fand das Handy und nahm den Anruf an: »Ja? Hallo?« Er zuckte zusammen, als er eine metallisch klingende Roboterstimme hörte: »Der Standort dieses Mobiltelefons wurde geortet.« Die Verbindung brach ab und ein regelmäßiges Tuten ertönte, Polizeiobermeister Kürten sah das Mobiltelefon in seiner Hand und stöhnte auf.

Keine Handschuhe! Ich habe dem Opfer ein Beweisstück ohne Handschuhe entnommen. Wie viele Fehler werde ich heute noch machen? Die Kollegen der Kripo werden mich in der Luft zerreißen!

Es begann wieder zu schneien. Der Schnee rieselte auf blaue Plastiksäcke, Fetzen geschredderter Klassenarbeiten und die weit aufgerissenen Augen eines toten Jungen, dessen Gliedmaßen verdreht und unrichtig im Müll ausgebreitet lagen.

Er ist kaum älter als die Schüler, dachte der Polizist und achtete nicht mehr auf Spuren, als er den Deckel des Müllcontainers schloss. Er konnte keine Sekunde länger in diese geöffneten Augen sehen. Er schien, als würde der tote Junge weinen.

DER DREIKLANG

Ben trennte die Verbindung zum Internet, schaltete den Computer aus und verließ den Medienraum. Laut der angezeigten Umgebungskarte, die auf dem Bildschirm angezeigt wurde, musste sich Bens Telefon irgendwo auf dem Schulgelände befinden. Nicht weiter als hundert Meter von Bens Standort entfernt.

Verdammt, wenn mein geklautes Handy hier in der Nähe ist, sind die Typen auch hier, dachte Ben und eilte durch den Flur. Er suchte einen Ausgang, wo sie ihn nicht finden würden. Ben wollte an einem Seitenflügel oder hinten raus, dort war es meistens gut gegangen.

Vor dem Haupteingang waren Sirenen zu hören. Jede Ablenkung, um heil nach Hause zu kommen, war Ben recht. Die Flure rochen nach Reinigungsmitteln. »Bohnerwachs«, hatte seine Mutter behauptet, die ebenfalls hier zur Schule gegangen war. Doch Bohnerwachs war altmodisches Zeug. Zwischen Bens Schulzeit und der seiner Mutter lagen Welten. Damals gab es keine Computer, geschweige denn Internet. Woher sollte sie wissen, wonach der Boden einer Schule heute roch? Oder wie beschissen Schule heute sein konnte? Und wie gefährlich der Heimweg? Sie hatte keine Ahnung.

Vom Flur zwischen dem Labor und dem Chemie-

196

raum im Ostflügel aus sah Ben sich durch die Glastür auf dem Gelände um, entriegelte dann den Notausgang und floh über den Sportplatz in Richtung der Hauptstraße. Vielleicht schaffte er es noch vor dem Gong, hoffte er.

Das grauenhafte »DiDaaDuuu« hörte Ben nicht nur in der Schule. Der Dreiklang begleitete ihn bis in den Schlaf. Er wachte nachts schweißgebadet davon auf. Krümmte sich in Aufzügen, die ähnliche Geräusche machen, wenn sich Türen schlossen oder öffneten. Bestimmte Musikstücke konnte Ben überhaupt nicht mehr hören, ohne sich den Bauch zu halten, bis seine Augen tränten. »DiDaaDuuu« Der Klang war überall.

Ist doch nur ein Dreiklang, versuchte sich Ben selbst zu beruhigen. Doch sein Magen krampfte sich trotzdem jedes Mal zusammen. Wenn die Krämpfe kamen, versteinerte Ben. Jeder Muskel in seinem Körper spannte sich. Ben stellte sich in diesem Moment ein Raumschiff vor.

»Alarmstufe Rot. Alle Decks gesichert, Käpt'n«, dachte er und schloss die Augen. Presste seine Lider fest aufeinander. Gegen die Tränen konnte er erst etwas unternehmen, wenn das Krampfen und Würgen vorbei war. Dann erst konnte er die Hände benutzen und das Rinnsal von der Wange wischen. So eine Angstattacke dauerte meistens nicht länger als dreißig Sekunden. Trotzdem lang genug für die anderen, sich zu wundern, Fragen zu stellen und Ben merkwürdig zu finden.

»Was hast du denn für 'ne Krankheit?« – Jochen. Mitschüler. Ein Arschloch.

»Ist mit dir alles in Ordnung, Ben?« – Frau Kermeling, die Lehrerin. Nett, jedoch keine Ahnung.

»Ben, kommst du mit in den ... oh, okay.« – Abdul, ein Mitschüler, fast Bens Freund. Vielleicht wusste er Bescheid, doch darüber wurde nicht geredet. Wenn Ben die Krämpfe bekam, wartete Abdul. Sogar ohne hinzusehen, um Ben nicht in Verlegenheit zu bringen.

Nach einer halben Minute voller Krämpfe konnte Ben wieder die Augen öffnen und auf »Alarmstufe Grün« schalten. Durchatmen, Tränen wegwischen und einen Weg finden. Einen neuen Weg, den seine Verfolger noch nicht kannten.

Der letzte Gong war der schlimmste. Dann musste Ben die Sicherheit des Gebäudes hinter sich lassen. Die Schule war ein dreistöckiger Klotz mit zwei offiziellen Ausgängen, acht Notausgängen in alle Himmelrichtungen und zwei Treppen zum Keller, Fahrradkeller nicht mitgezählt. Ben kannte sie alle. Die Notausgänge zu benutzen war natürlich streng verboten. Ben war sich immer noch nicht sicher, ob es wirklich einen stummen Alarm gab. Irgendeine zentrale Anlage, die meldete, wenn er sich unerlaubt durch die Hintertür davon machte. Der Hausmeister behauptete es jedenfalls. Drohte mit dem Finger und rollte mit den Augen. Er war Schuld an den beiden Rügen, am Gespräch des Direktors mit Bens Vater und an der Ermahnung, Ben könnte von der Schule fliegen. Damals, bevor die Asis ihn verfolgten, wäre Fliegen für Ben undenkbar gewesen. Doch mittlerweile hatte Fliegen eine neue Bedeutung bekommen. Wer fliegt, betrachtet die Welt von oben. Wer fliegt, muss sich nicht davor fürchten, festgehalten, geschlagen und ausgeraubt zu werden. Ben wünschte sich mehrmals in der Woche, einfach

die Arme ausbreiten und abheben zu können. Sein
Vater vertrat eine ganz andere Meinung. Als ehema-
liger Oberstleutnant der Bundeswehr war er offensiv:
»Geh gefälligst vorn raus, Ben. Wehr dich, verdammt
noch mal! Du willst doch nicht von der Schule fliegen,
nur weil du ständig die Notausgänge benutzt!«

„DiDaaDuuu.«
Der letzte Gong schoss Ben direkt in den Magen.
Vom Lautsprecher aus in Bens Mitte. Da war wieder
die Angst. Ein Gefühl, als müsste er sich sofort übergeben und gleichzeitig kacken. Ben frühstückte zwar
schon lange nicht mehr, seit ihm regelmäßig aufgelau-
ert wurde. Doch auch ein leerer Magen konnte sich
vor Angst verkrampfen.

Sie kriegen dich (young thriller 02) – ISBN: 9783743134423
Überarbeitete Neuausgabe –
erstmals unter gleichem Titel erschienen
im Thienemann Verlag, Stuttgart
© 2018 Oliver Pautsch
Herstellung und Verlag: BoD – Books on Demand, Norderstedt

Das S.U.P.E.R.-Team kehrt zurück!

Jetzt als Buch und eBook erhältlich.

Und das Action-Leseabenteuer geht weiter ...

Band 3 ist in Arbeit